[illegible] 지은 작은 집의 문을 두드린 당신께

가장 밝은 방을 내어드릴게요

서해나

조시현

소식을 기다리며

최현윤

자작자작이 마음으로도

잘 살 수 있어요

이선진

애매한 사이

애매한 사이

애매 동인 테마 소설집

최미래 성해나
조시현 최현윤
이선진 김유나

읻다

소설을 읽기 전에

이 소설집에 수록된 여섯 편의 소설은 '애매'의 자음인 'ㅇㅁ'에서 채집한 단어들을 소재로 하여 쓰였습니다.

차례

ㅇㅁ

입맛

얕은 바다라면

최미래

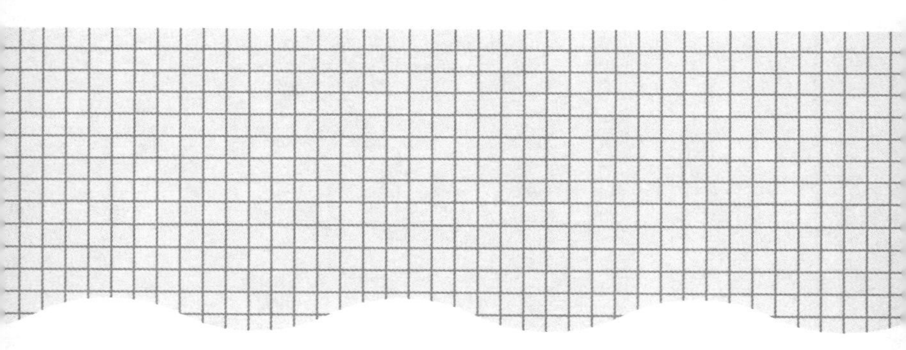

수심이 얕은 바다를 무서워하는 사람은 없다. 적어도 내가 본 그날의 사람들은 그랬다. 잠겨 죽지 않는다는 걸 알기 때문일까. 넘어져도 금방 다시 일어나고, 넘어진 채 물살에 휩쓸려 코로 물을 먹으면서도 재밌다는 듯 웃는 얼굴들. 서로를 자빠뜨리는 어린아이들. 그 모습을 아무런 걱정 없이 바라보며 바닷바람을 즐기는 어른들. 해수욕하기에 조금 이른 봄이었다. 나는 그날 선정이와 함께 바다에 갔다. 발을 담그지는 않고 끝없이 밀려오는 파도에 모래사장이 조용히 젖는 것을 바라보았다. 긴 시간 동안 가만히 앉아 있기만 하니 바람이 세게 불어올 적마다 추웠고 손가락 끝부분이 시렸다. 뜨끈하고 얼큰한 국물을 먹고 싶었다. 선정이가 자주 만들어주던 라면이 떠올랐다. 다른 음식은 하나도 떠오르지 않고 진심으로 그 라면이 당겨서, 국물에 밴 은은한 바다 맛이 머릿속에 그려지는 동안 입안에 침이 고여서, 그래서 나는 선정이와 헤어졌을까.

그 라면의 정확한 이름은 '얕은 바다 맛 라면'이었다. 바다 맛이 담겼다는 뜻이었지만, 각종 해산물이 들어간 해물라면이나 매운탕에 라면사리를 추가한 것과는 전혀 달랐다. 당시 횟집에서 일했던 선정은 회를 뜨고 남은 생선 서더리를 얻어 왔다. 대가리가 흉하게 망가지고 뼈에 붙은 살점이 영 빈약하여 서더리탕으로 끓이기에도 부적합한 것들이었다. 대가리와 등뼈를 충분히 끓인 육수에 수프와 면을 넣은 것이 바로 얕은 바다 맛 라면. 먹을 게 하나도 없고 비린내만 우려내는 거네. 비꼬듯 던진 내 말에 선정이가 청양고추를 썰며 웃었다.

비린내가 아니라 바다 향. 여기에는 바다가 담기는 거야.

가짜 바다 맛 라면이다.

그러면 좀 쓸쓸하니 다른 걸로 하자. 깊은 맛은 못 내고 흉내만 내니까 얕은 바다 맛 라면. 이걸로 하자.

얕은 바다 맛 라면의 첫맛은 비렸고 구렸다. 게다가 어항에 머리를 반복적으로 박아댄 건지 생선의 이마 부분이 찌그러졌고 입술은 짓이겨져 있었다. 선정은 바다 향이 물씬 풍긴다며 국물까지 싹 비웠다. 그 후 우리는 저녁으로, 식사 후 술안주로 얕은 바다 맛 라면을 자주 끓여 먹었다. 파와 고추를 써는 선정이의 고운 손이 좋아서, 오늘도 서더리를 얻어 왔다고 기뻐하는 모습이 좋아서 나도 얕은 바다 맛 라면에 입맛을 길들였다. 매번 공짜로 싸 가는 게 거슬렸는지 횟집 사장이 2000원씩 내고 가져가라고 한 뒤로는 먹는 횟수가 크게 줄긴 했지만. 어차피 버릴 쓰레기를 굳이 돈 받아먹겠다는 심보에 빈정이 상했어도 우리는 얕은 바다 맛 라면을 좋아했다.

우리는 바다에 다녀오고 몇 달 뒤에 헤어졌다. 선정이와 함께 먹었던 다른 음식들이라면 상관없지만, 왜인지 나는 얕은 바다 맛 라면을 먹지 않게 되었다. 바지락이나 새우를 넣은 해물라면은 아주 가끔 해 먹어도 그건 얕은 바다 맛 라면과 전혀 다른 음식일 뿐이지. 그런 음식들. 선정이가 좋아하고 선정이를 따라 나도 좋아했던 거. 얕은 바다 맛 라면, 치킨으로 만든 닭죽, 김치 참맛 김치볶음밥, 소고기 없는 소고기뭇국.

바다가 아름다운 이유는 파도가 치기 때문이라고 생각해. 아름답고 또 무서워 거리를 두고 바라볼 때 좋은 것. 언젠가 급작스럽게 깊어진 수심 때문에 빠져 죽을 뻔한 후로 나는 바다에 들어가지 않았다. 아빠는 허우적거리는 나를 구한 뒤에, 일상을 지내다 뜬금없는 시점에 이렇게 말했다. 세상에는 깊이를 가늠할 수 없는 종류의 것이 세 가지 있다. 바다, 인간, 가난. 이것들을 조심해. 너무 깊이 들어가면 못 나온다. 아마도 아빠만의 인생 조언이나 경고였겠지. 실제로 아빠는 그 세 가지에 깊이 들어가 본 적이 있는 사람이었다. 뱃사람이던 할아버지의 일을 돕다가 바다에 빠져 죽을 뻔했고 성인이 되기 전에 바다 마을에서 벗어났다. 도시로 올라와 나의 엄마에게 빠졌고 오래도록 붙잡았고 양육권을 갖는 대가로 놓아주었다. 웅변학원을 차리면서 지난했던 가난에서 벗어난 것은 내가 태어나기 몇 년 전이라고 들었다. 학원은 규모에 따라 세 번 바뀌었는데, 나는 호황기 때의 학원을 가장 선명하게 기억했다. 80명의 인원을 수용할 수 있는 큰 강의실, 월넛 무늬목 단상, 중간 크기의 강의실 두어 개, 일대일 강습을 위한 작은 강의실이 개미굴처럼 늘어서 있는 복도.

단 몇 개월뿐이었지만 나도 초등학생 때 그곳에서 웅변을 배웠다. 수많은 애들 속에 섞여 아빠의 강의를 듣고 다른 선생님과 웅변에 맞는 발성 및 말투를 연습했다. 어느 정도 기본기가 쌓였다고 생각되었는지, 아빠는 나를 불러다 강의에서는 말하지 않았던 비법을 알려주며 대회를 준비시켰다. 웅변은 발성, 내용, 태도가 중요하지만 진짜 핵심은 호소력에 있다는 것이었다. 처음에는 진지하게 시작하다가 중반부터 목소리에 힘을 실어라. 처음부터 너무 세게 말하면 작위적으로 힘주어 말하고 있다는 게 청자에게 전해져 진정성이 떨어진다. 그리고 후반부에서는 약간의 격정을 섞어도 좋아. 눈빛, 표정, 목소리, 이 세 군데에 골고루 힘을 주어 내지르듯 외

쳐라. 억울하고 서러웠던 적 있지? 네 말이 진짜인데 상대가 안 믿어주고 오히려 너를 의심할 때. 그때를 생각해. 팔짱 낀 사람 앞에 서 있다고 생각해. 억울한 감정에 호소해. 내 간절함을 왜 알아주지 않느냐는 듯이. 자신감은 자신만만한 태도가 아니야. 자기 자신을 온전히 믿는 거야. 이 말을 하는 나는 진짜야. 진짜인 나를 봐라. 그런 태도야. 자신감을 가져라! 학교 선생님들이 이런 말 많이 하잖아. 하지만 자신감은 가지고 말고 하는 종류가 아니야. 자신감은 온몸을 쥐어짜서 뽑아내는 거야. 그다음에 자기가 뽑아낸 자신감을 스스로 들어 올려 걸치는 거야.

웅변학원 시장 자체가 쪼그라들면서 학원의 규모는 점차 작아졌다. 학원생이 줄고 높은 임대료를 버티기 힘들어 작은 강의실이 세 개뿐인 곳으로 학원을 이전했다. 결국 아빠는 내가 중학생이었을 때 폐업했다. 전 임차인에게 주었던 권리금이 아까워 시간을 지체하다가, 어디서 주워들었는지 아르바이트생을 고용해 학원이 건재하게 운영되고 있는 것처럼 꾸몄다. 학원생으로 가장한 아르바이트생들이 강의실마다 앉아 있었다. 그 방법으로 권리금을 전부는 아니지만 어느 정도 받아낼 수 있었다. 아빠는 폐업을 앞두고도 겁먹지 않고 호기롭게 대처했다며 자신의 지혜와 용기에 감탄했다. 학원을 정리한 뒤에는 떴다방에 뛰어들었다. IMF 이후 불기 시작한 아파트 투기 열풍으로 교외 곳곳에 모델하우스가 들어섰다. 아빠는 그 앞에 천막을 쳐놓고 살다시피 했다. 아직 지어지지 않은 아파트들의 분양권을 사고팔며 돈을 굴렸다.

아빠는 이동식 부동산중개업에 관해서라면 이야기를 잘 꺼내지 않았다. 하지만 취업난이나 전세사기 관련 뉴스를 볼 때면 잊고 있던 자신의 호시절을 떠올렸다. 야무지지 못한 것들. 자기 살길 자기가 찾아야지 저걸 누굴 탓해. 법이든 부동산이든 자기가 잘 알아보고 준비하면 안 속는 건데. 아빠의 목소리에는 자신의 삶을 직접 끌어올린 사람의 자부심이 묻어 있었다. 나는 아빠가 그런 말을 할 때마다 언짢은 기분이 들었다. 하지만 그건 또 그렇지. 왜 다들 공부를 안 하고 말도 안 되는 손해를 볼까. 어느 정도 맞는 말이라 생각하며 입술에 립밤을 발랐다.

웅변대회를 휩쓸었다고는 할 수 없지만 나는 꽤 수상률이 높았다. 특히 교내에서 열리는 웅변대회는 1등을 놓친 적이 거의 없었다. 정확히 말하면 딱 한 번 다른 애에게 1등을 빼앗겼다. 나의 웅변은 아빠가 써준 내용 위에 겨우 쥐어짜 낸 자신감을 얹어놓은 것이었다. 하지만 나의 연속 1등을 탈환한 그 애의 웅변은 진짜였다. 엉성한 내용엔 진정성이 배어 있었고 가짜 격정이 담기지 않은 말투는 씩씩했다. 저 애의 웅변에는 진짜가 있어. 빛나 보인다거나 멋있었다기보다 말 그대로 뭔가 있어 보였다. 나는 그다음 순서였고 이미 그 애의 기세에 눌려 자연스럽게 졌다. 아쉽거나 서럽지는 않았다. 알 수 없는 분에 차 밤새워 울다 지쳐 잠들었던 그다음 날, 아빠는 이른 새벽 나를 깨워 차에 태웠다.

구로시장에서 아빠와 나는 칼국수를 먹었다. 국수와 함께 적은 양의 보리밥을 주는 곳이었다. 밥을 공짜로 먹으려고 여기 자주 왔어. 아빠는 두 숟갈 만에 밥을 비웠다. 처음 도시로 올라와 일하고 자취 생활을 했던 곳이라고 했다. 나는 잠이 덜 깬 채로 국수를 건지며 섬유 공장에서 일하고 트럭 운전을 했던 아빠의 인생사를 들었다. 시장에 흐르는 온갖 고소한 냄새가 좋았지만 즐겁게 와닿지 않았다. 아빠는 열심히 살았다. 아빠 말고도 이렇게 열심히 사는 사람들이 많으니 별것 아닌 걸로 울지 말아라. 어떤 교훈을 주려고 데려왔는지 아빠의 머릿속이 뻔히 들여다보였다. 할머니들이 운영하는 떡볶이집에서 분식을 먹고 오전 내내 걸었다. 패배의 쓴맛은 잊은 지 오래였다. 시장을 벗어나 골목을 지나고 지하철역 근처를 걸으면서 아빠는 종종 보이는 노숙자에게 돈을 주었다. 적선을 위해 이곳을 찾은 사람처럼 5000원짜리 지폐가 주머니에서 계속 나왔다. 아빠도 많이 울었어. 힘들어서가 아니라 이해가 안 돼서. 나는 부지런하고 열심히 사는데 왜 사람들은 나를 안타깝게 보지. 아빠는 시장에서 팥죽을 사 두 끼를 해결하고 붕어빵으로 끼니를 때우면서도 이틀에 한 번은 노숙자에게 돈을 주었다고 했다. 5000원씩. 가만히 엎드려서 벌기에

만 원은 너무 많잖니. 아빠는 내 손에 5000원 지폐를 세 장 쥐여주었다. 네가 직접 주고 싶은 사람에게 줘. 나는 가장 바짝 엎드린 노숙자 앞에 한 장, 가장 지저분한 몰골의 노숙자에게 한 장, 두 손을 모아 앞으로 쭉 뻗은 가장 예의 있는 노숙자의 손바닥 위에 한 장을 내려놓았다. 가까이서 그들을 자세히 바라보면서 두 가지 생각이 들었다. 열심히 살 것, 다시는 웅변하지 않을 것.

아빠와 시장에 갔던 일은 성인이 된 후에도 종종 떠올랐다. 그럴 때마다 먹구름이 낮게 깔린 하늘처럼 뭐라고 형용할 수 없는 기분이 들었다. 찝찝함, 이상함. 비슷하지만 더 적합한 표현이 있을 텐데. 아빠는 비싼 스테이크를 즐기고 집에 돌아와 청국장으로 입가심을 했다. 좋은 술을 얻어먹은 다음 날 아침에는 해장술이라며 소주에 참치 통조림을 땄다. 골프장에 간 날에는 일부러 서울역에 들러 산책을 한 뒤 옛날 통닭을 사 왔다. 양복 안주머니엔 여전히 5000원 지폐가 한 묶음씩 있었다. 솔직히 말하면 아빠의 그런 모습이 서늘하면서도 우스웠던 것 같다. 촌스럽다고 생각했던 아빠의 입맛이 너무 많은 것들을 내포한다고 여겨졌을 때부터 나는 음식 취향에 주의하고 독립을 준비했다.

음식을 대하는 태도, 식기구 사용 습관, 입맛 등 식사 자리는 사람을 파악하는 꽤 괜찮은 방법이었다. 반대로 내가 어떤 사람인지 보여주는 수단으로도 좋았다. 나는 음식을 가리지 않되, 어떤 입맛을 가지면 좋을지 선별했다. 20대 초반에는 좋아하는 음식으로 닭발을 꼽았으며 직접 싼 도시락을 챙겨 다녔다. 입에 양념을 묻히지 않았고 주먹밥을 정갈하게 만들어 놓은 후 수저를 들었다. 털털하고 가식이 없으면서 지킬 건 지켜요. 자유롭게 살면서 자기 관리도 하고요. 20대 중반에는 좋아하는 음식으로 연어스테이크와 일본 가정식을 꼽았다. 좋아하는 주종은 소주 대신 생맥주와 하이볼로 바꾸었다. 저는 젊고 재밌는 음식을 즐기면서 지내요. 돈에 쪼들리지도 않고요. 20대 후반에 들어서고는 아침을 간단히 하고 저녁은 화려하게 챙겼다. 비싼 레스토랑은 한두 달에 한 번만. 가성비를 내세우는 시끄러운 술집은 가지 않았다. 술자리는 대부분 조용하고 맛 좋은 이자카야에서 생맥주로 시작하여 사케로 끝냈다. 오뎅탕에 정종, 치즈 플래터에 칵테일 세 잔. 테이블이 넘치도록은 아니지만 배를 채우고도 음식이 조금 남을 정도로 충분히 메뉴를 주문했다. 일하면서 바쁘게 살아요. 허례허식이 없되 적당히 낭비할 줄 알고, 철도 좀 들었고요. 저는 저 자신을 잘 챙긴답니다.

초등학교 동창회가 삼겹살 가게나 중식당이 아닌 이자카야에서 열린다기에 기뻤다. 나는 새까맣고 맵시가 잘 드러나는 세미 정장에 낮은 구두를 신었다. 모르는 얼굴들과 어딘가 낯익은 얼굴들이 섞여 있으니 기분 좋은 긴장감이 도는 자리였다. 술이 들어가고 이야기를 나누면서 분위기는 금방 풀어졌다. 다들 옷차림만 그럴듯하지 어릴 때랑 비슷했다. 친한 사이였던 걸 확인하자마자 욕을 주고받거나 목소리를 높이는 애들도 있었다. 점차 예의는 사라지고 옛정으로 채워지는 가운데, 나는 바지락술찜에서 익은 마늘을 건져 먹었다. 오늘 이후 다시 볼 일 없는 사람들이었다. 누가 자리를 비운 사이 다른 사람이 그 자리에 앉고, 저쪽 테이블에 있는 사람을 불러서 데려오거나 이쪽 테이블에서 누군가 일어서는 식으로 사람들이 뒤섞였다. 같은 자리에 앉아 있기만 해도 테이블의 구성원이 바뀌었다. 말이 잘 통하는 사람들끼리 뭉쳐서 시끌벅적한 테이블이 있는가 하면 어색한 채로 별 볼 일 없는 이야기만 하는 테이블도 있었다. 나는 후자에 속했다. 말주변이 없고 낯을 가려서 그렇다고 생각했다. 집에 가야겠다고 마음먹었을 시점에 갑자기 누가 내 앞에 앉아 메로구이를 주문했다. 화장실에 다녀온 사이에 자리를 빼앗겼다고, 불편했는데 차라리 잘됐다고 말하는 선명하고 나직한 발음을 나는 기억한다.

가게에 퍼지는 메로구이의 달짝지근한 간장소스 냄새. 선정이는 생선 살이 흐트러지지 않도록 정확하고 깔끔하게 젓가락질을 했다. 먹기와 말하기, 듣기와 술 따르기의 때를 적절하게 알고 유연하게 행했다. 무엇보다 선정이는 진짜였다.

자신을 과시하거나 반대로 지나치게 낮추지 않았으며, 일부러 자신의 치부를 드러내는 방식으로 친밀함을 꾸미지도 않았다. 일상적이고 솔직한 이야기에는 힘이 있었다. 긍정적이든 부정적이든 살아오면서 마주친 시간을 인정하고 체화한 사람의 여유로운 고독감 같은 거. 얘는 진짜 자신감을 입고 있구나. 내가 처음으로 실패의 맛을 보았던 웅변대회 이야기를 꺼내자 선정이는 자기도 나를 알고 있었다며 웃어 보였다. 우리는 웅변이라는 게 얼마나 기괴한지, 어린애들이 대체 누구를 위해서 대중을 휘어잡는 연설을 해야 했는지, 웅변은 무엇을 호소해야 하는 거였는지 우스갯소리를 해댔다. 우리 아빠가 그 유행에 잘 올라타 크게 한몫 벌었다는 건 말하지 않았다. 메로구이는 생선 대가리를 구운 것에 불과했지만 맛있었다. 선정이는 젓가락으로 눈알을 집어 먹었다. 그 손짓과 웃음이 너무 자연스러워서 나도 대가리를 뒤집어 반대쪽 눈알을 꺼내 먹었다.

연애 초기에는 재밌는 일도, 이해되지 않는 일도 많았다. 행동 양식과 차림새를 보았을 때 잘사는 집 애라고 생각한 적은 없지만 선정이는 지나치게 검소했다. 생활력이 좋다거나 쓸데없이 돈을 낭비하지 않는 정도가 아니라 절약이 몸에 배어 있었다. 친구들이 생일과 기념일에 연인과 무슨 선물을 주고받았는지, 어떤 여행지에 다녀왔는지 들으면서 나는 선정이의 마음을 의심했다. 자주 가곤 했던 파스타 가게에서 선정이가 통장 잔액을 까기 전까지 서운함을 표출하며 많이 다투기도 했다. 모든 메뉴가 5000원인 싸구려 파스타 가게였다. 토마토소스는 너무 달았고 뻔한 맛이었다. 눅눅한 바게트 세 조각이 파스타와 함께 나왔다. 봉골레에 들어간 조개는 껍질만 클 뿐 속살이 재첩만큼 작았다. 선정이는 파스타를 크게 한 입 먹은 뒤 내게 두 개의 계좌를 보여주었고 혼자 살아온 시간을 고백했다. 나는 가난하고 억척스럽게 아껴서 이 정도 모았어. 부모가 있긴 한데 없는 거나 마찬가지고 사실상 혼자야. 근데 이런 건 나한테 별것도 아니야. 난 앞으로 어떤 힘든 일이 일어난다고 해도 그 시기를 이겨낼 힘과 의지가 있어. 부자는 못 되어도 차곡차곡 재산을 늘려나갈 거고. 그런데 너한테 나의 이런 점이 별거라면 안 만나는 게 맞지. 간단하게 내용을 요약하자면 대략 이러했다. 아무렇지 않은 듯 자연스러운 말투였지만 포크로 파스타 면을 돌돌 마는 선정이의 손이 떨리고 있었다. 나도 따라 손이 떨렸다. 각종 아르바이트를 하며 모아왔다던 돈의 액수가 생각보다 많아서, 함께 견디고 누리고 흘려보낼 시간이 머릿속에 스르르 그려지며 그 미래가 두렵지만은 않아서.

우리는 소풍과 산책을 좋아했다. 정처 없이 걸으며 웃고 떠들다가 힘이 들면 음료를 사 들고서 또 걸었다. 마음에 드는 장소에서는 초경량 돗자리를 펼쳐 잠시 쉬었다. 풀밭, 벤치,

산길, 골목의 콘크리트 계단. 온종일 걸으면서 우리는 그날 먹을 저녁 메뉴를 골랐다. 각자 당기는 음식이나 날씨에 어울리는 메뉴를 고심할 땐 이야기가 길어졌고 꽤 신중했다. 함께 누릴 수 있는 휴일이 적었고 입맛이 서로 달랐기 때문이었다. 선정이와 사귀는 동안 분위기 좋은 고급 식당에 간 적은 별로 없었으나 먹을 수 있는 음식의 폭이 크게 늘었다. 굳이 찾아 먹지 않았던 토란국과 무말랭이를 좋아하는 음식으로 꼽게 되었다. 그런 게 좋았다. 이 음식은 이런 맛이었구나. 새로운 맛을 깨달아가고 그 신기함을 나누는 것. 서로 다른 입맛을 받아들이고 조금은 맞추어가기도 하고, 아니 저절로 맞추어지는 것이. 선정이 앞에서 나는 어떤 음식을 어떻게 먹을지 고민하지 않았다. 다양한 음식을 시도했고 음식과 함께 그 시간까지 꼭꼭 씹어 삼켰다.

얕은 바다 맛 라면에서 정말로 바다 향을 느끼게 되었을 즈음에 우리는 거의 함께 지냈다. 나는 청소와 빨래를 도맡았고 선정이는 요리와 설거지 등 부엌일을 책임졌다. 그 시기의 선정이는 몸이 세 개인 것처럼 일했다. 작은 가정식 백반집을 차리고 싶다던 원래 목표에 변수가 생겼기 때문이었다. 둘이 한집에서 맨날 붙어 있으니 나머지 집의 월세와 공과금이 아까워, 함께 살아보자는 이야기가 오가던 때였다. 서로 모아놓은 돈의 액수를 보여주고 맥주를 먹으며 인터넷으로 각종 집을 구경했다. 두 사람의 돈을 합치면 각자의 원룸보다는 더 나은 집에서 살 수 있지 않을까. 선정이가 평일에 한정식 전문점에서 일하는 걸로는 저축이 어려웠다. 건강하고 정직한 음식으로 블루리본을 받은 곳이었다. 선정이는 거기서 요리와 장사 비법을 배우며 일했다. 가르침의 대가로 노동력을 내어주는 조건 탓에 급여가 형편없이 적었다. 선정이는 퇴근 후엔 새벽까지 걸어서 하는 배달 일을 했다. 주말 횟집 아르바이트는 근무시간을 대폭 늘렸다. 녹초가 되어 들어오는 선정이. 녹초가 된 채로 웃으면서 서더리를 손질하던 선정이. 얕은 바다 맛 라면을 먹으며 우리는 함께 살 집을 찾았다. 이 사람과 함께라면 조금 고된 시기를 맞이할지언정 굶어 죽지는 않겠다고 생각했다. 고된 시기도 꾹꾹 헤쳐나갈 수 있겠어. 그게 바로 지금이고, 3년이나, 길어도 5년 후에는 이 시기를 추억 삼아 끈끈하게 살아갈 수 있겠다는 확신이 들었다.

본격적으로 발품을 팔아 집을 보러 다녔다. 준비된 자금에 맞는 집들은 연식이 오래되어 나와 선정이보다 나이가 많았다. 아무리 깨끗하게 청소해도 곰팡이가 남아 있었고 낡은 집 특유의 먼지 냄새가 났다. 겨울엔 춥고 여름엔 꿉꿉하겠지. 그런 집들은 이미 우리에게 익숙했다. 새시가 설치되어 있다든가, 공동 현관이 있는 등 조금이라도 무언가 갖추어진 집들은 보기만 해도 속이 갑갑할 정도로 비좁았다. 다섯 개 정도의 집을 보고 나서는 조금 지쳤던 것 같다. 나름대로 열심히 벌고 저축했다고 생각했는데, 그냥저냥 둘이 살 만한 적당히 좁고 적당히 낡은 집도 어림없이 비쌌다. 사람들이 왜 복권을 사는지 이제야 이해가 되었다. 그러고 보니 나도 복권이 있었지. 맞네. 아파트나 오피스텔은 바라지도 않았지만 적어도 나 자신에게 창피하지 않은 곳에서 살고 싶었다. 나는 선정이에게는 말하지 않고 특단의 조치를 취했다.

아빠는 팔짱을 끼고 가죽 소파에 파묻히듯 앉아 나를 쳐다보았다. 내가 만든 미역국과 장어구이를 남김없이 싹싹 긁어먹은 후였다. 나는 일부러 앞치마를 벗지 않고 거실 바닥에 자리했다. 아빠가 나를 잘 내려다볼 수 있도록.

미역줄기볶음이랑 오이소박이 해서 냉장고에 넣어놨어요. 식사 때마다 잊지 말고 꺼내 드세요.

해조류 안 먹는다.

쓸데없는 수작 말고 본론을 말하라는 냉정한 말투였다. 독립을 선언했을 때 아빠는 나를 설득하다가 말리다가 끝내 간곡하게 부탁했다. 뜻을 굽히지 않자 그러면 금전적으로도 제대로 독립해야 한다고 못을 박았다. 자취방을 구하는 것부터 자잘한 살림살이까지 아빠는 정말 한 푼도 도와주지 않았다. 나는 머릿속에 준비해 놓았던 대본을 펼쳤다. 처음에는 담담하고 진지하게 시작해야 했다. 아빠 덕분에 오기가 생겼고 그 힘으로 일상을 꾸려나갔으며, 역시 나는 아빠를 닮은 것 같다고. 목소리에 힘을 실어 중반부. 그런데 아빠, 나는 아빠가 아니더라고요. 나를 깎아내리는 식으로 아빠를 끌어올려 후반부 진입. 진짜로 그렇게 생각하고 그렇게 믿고 그래서 억울하다는 눈빛, 표정, 목소리. 자 이제 잘 보슈. 나 진짜로 아빠를 존경하는데, 따라 하려고 애썼는데 잘 안됐어. 불쌍한 나. 나는 무력함을 쥐어짜 내 온몸에 걸쳤다. 실제로 나는 나와 선정이에게 연민을 품고 있었으므로, 목소리에 진정성을 입히는 일은 그리 어렵지 않았다.

돌아가는 길, 지하철 좌석에 앉자 긴장이 풀렸다. 나는 미래를 약속하고 동거를 결심한 기념으로 세이코를 주문했다. 짙은 갈색의 가죽 스트랩과 섬세한 초침이 선정이의 얇은 손목에 잘 어울릴 것 같았다. 한 푼이라도 아껴야 하는 상황 따윈 안중에도 없었다. 어쩌면 나는 선정이에게 선물을 주고 싶다기보다, '세이코를 찬 선정이'를 보고 싶었는지도 모르겠다. 불과 칼을 다루는 사람에게 시계라니. 이제 와 생각해 보면 참 이기적인 선물이었다. 시계는 아빠에게 받은 목돈으로 산 것이었다. 아빠는 나의 일대일 맞춤형 웅변이 꽤 마음에 들었는지 그 자리에서 바로 핸드폰을 꺼내 5000만 원을 송금해 주며 말했다. 수척해졌다. 오기 부리지 말고 자주 와.

이 이야기는 선정이와 내가 다시 희망찬 미래를 노리며 집을 보러 간 그날 하루에 관한 것이다. 아빠에게 얻어 온 돈으로 우리는 조금 더 나은 집을 구할 기회가 생겼다. 내 애인은 자신감 넘치고 세이코를 찬 사람. 머지않은 미래에 아담한 식당을 운영할 것이고, 각 계절에 어울리는 단정한 한정식을 차려낼 것이다. 고운 손으로 각종 식재료를 착착 썰어내는 선정이의 뒷모습을 보면서 나는 상냥하게 손님들을 맞이할 것이다. 장사가 끝난 늦은 시간에는 얕은 바다 맛 라면을 끓여 먹을지도 모른다. 힘들었지만 재미있었다고 지난날들을 추억하면서.

그날 우리는 조금 흥분해 있었다. 역세권이면서 평수도 괜찮고 신축은 아니지만 꽤 괜찮은 매물을 발견했기 때문이었다. 부엌이 널찍하고, 베란다가 있는 점도 마음에 들었다. 시간을 내어 집을 보러 가는 김에 오랜만의 데이트를 기대하기도 했다. 선정이는 흠집이 날까 봐 무섭다며 집에 모셔만 놓던 세이코를 찼다. 이제 잘 돌아가지? 내 물음에 선정이는 민망한 듯 웃으며 그렇다고 대답했다. 시계를 받은 지 얼마 되지 않았을 때 바늘이 멈춘 적 있었다. 선정이는 약을 갈기 위해 근처 시계방을 찾았다. 시계방 아저씨는 그 시계가 전지가 아닌 태엽으로 가는 시계인데 기름때가 묵어 멈추었다고 했다. 그리고 태엽 청소 비용으로 7만 원을 불렀다. 원래 10만 원인데 좋은 시계라서 7만 원에 해주셨다며 기뻐하는 선정이의 팔목을 붙잡고, 나는 시계방으로 가서 소리를 질렀다. 태엽 시계는 사서 한번 돌려주어야 한다는 걸 선정이는 모를 수 있지. 근데 아저씨는 모르면 안 되지. 모를 수가 없지. 시계방 밖으로 내 목소리가 넘쳐흐르도록 고래고래 소리 질렀다. 온 세상이 내 애인을 벗겨먹으려 들어서, 벗겨먹을 것이 있어 보이는 게 아니라 벗겨 먹힐 조짐이 보이니까 바로 달려들어서. 시계방을 나와 선정이는 내게 미안하다고 했다. 너 아무 때나 고마워하거나 미안해하지 마. 우리 손해 보고 살지 말자.

매물은 생각보다 별로였다. 지하철역에서 멀지 않았으나 가는 길이 영 불길했다. 옆구리가 터져 내용물을 쏟아내고 있는 쓰레기봉투 두어 개, 유흥주점 세 개, 불법주차 열두 대, 담배꽁초 오억 오천만 개. 집은 넓은 복층이었다. 창문도 컸다. 이 정도로 널찍한 집이라면 옷방과 서재를 따로 두고 반려동물도 들일 수 있을 것 같았다. 하지만 천장에 누수의 자국이 보였다. 부동산업자는 집주인이 누수 부분을 시공하고 도배와 장판까지 싹 해준다고 했다. 복층 벽에는 곰팡이의 흔적이 있었다. 눈에 보이는 건 새끼손톱만큼 작지만 공기 중엔 곰팡이균이 실컷 떠다니고 있겠지. 물론 우리가 가진 돈에 비해 좋은 조건인 건 확실했다. 그래서 기분이 울적해졌다. 동네의 분위기, 낡은 공간의 오래된 먼지 냄새, 어정쩡하게 낮은 싱크대까지. 지역만 달라졌을 뿐 이전과 고만고만하게 살게 될 것 같았다. 선정이는 내 눈치를 보다가 자신의 핸드폰 화면을 보여주었다. 그새 가까운 동네의 새로운 매물을 찾아놓은 것이었다.

어차피 나온 김에 들러보자. 선정이와 나는 별 기대 없이 새로 찾은 집으로 향했다. 기대가 없으니 실망할 걱정이 없어 마음이 편했다. 나는 선정이에게 고마웠다. 선정이는 집을 고르는 데 까다롭지 않았다. 낡고 오래된 집이더라도 조금이나마 넓은 것을 선호했다. 아쉬운 부분은 직접 수리하고 매만져 가면서 둘이 재밌게 살자는 입장이었다. 아까 본 집도 선정이는 만족했을 것이다. 나는 달랐다. 조금 좁더라도 깨끗하고 집다운 집에서 살고 싶었다. 곰팡이 걱정을 달고 살지 않아도 되는 집, 웃풍이 들지 않는 집, 수도꼭지를 틀면 뜨거운 물이 바로 콸콸 쏟아지는 집.

선정이가 찾은 집은 내가 원하는 조건에 딱 맞았다. 지금까지 보아온 집들에 비해 작은 평수였지만 깔끔하고 온화했다. 적당한 위치에 있는 신발장, 바람이 들어올 리 없는 무거운 창문, 공간 활용이 좋은 ㄷ자형 주방. 벽지는 새로 해야겠지만 몰딩과 바닥도 마음에 들었다. 어떤 방을 어떻게 사용할지, 무슨 가구를 들일지 눈에 선히 그려졌다. 선정이도 나와 같은 생각인 것 같았다. 지금까지는 집을 보러 가면 별말 없이 혼자 둘러보았는데 이번 집은 말이 많아졌다. 인터넷으로 알아보았는지 부동산업자에게 하는 질문마다 유용하고 꼼꼼했다. 역시 발품을 팔아야 해. 알짜 매물은 인터넷에 올라오기 전에 팔린다던데, 진짜였다. 부동산업자는 이 집은 아직 인터넷 부동산에 올라가지도 않았다고 했다. 어제저녁에 보증금

낮춰서 월세로 전환하겠다고 연락해 왔거든요. 융자는요? 있긴 한데 조금이고, 이번 6월에 다 상환한다고 들었어요. 지금 전화해서 다시 물어볼게요. 부동산업자가 집주인과 통화하는 동안 나와 선정이는 이미 본 방을 몇 번이나 더 들어가 보고, 화장실 문을 여닫으며 열심히 집을 보았다. 선정이가 내 뒤로 와 말했다. 요즘 융자 없는 집은 거의 없지. 얼마나 있는지가 중요하지. 그치? 이 집이 어지간히 마음에 든 것 같았다. 나도 같은 생각이었다. 통화를 마친 부동산업자는 자기가 얘기한 게 맞다며 기쁜 소식을 전했다.

최대한 빨리 결정해서 연락드릴게요. 바로 다음 손님이 오고 있어서 자기는 집에 남겠다는 부동산업자를 두고 우리는 지하철역까지 걸었다. 둘러보니 꽤 큰 식료품점과 편의점이 근처에 있었고 아기자기한 카페와 목공방이 보였다. 여기 살면 같이 공방 오자. 산책도 하자. 동네를 조금 둘러본 후에 우리는 카페에 들어갔다. 선정이는 일이 생겼는지 핸드폰을 만지작거렸다. 나는 그 집의 등기부등본을 열람했다.

이 집으로 하는 거 맞지? 계약금 보낸다?

어?

바로 뒤에 본 사람들이 계약할 것 같다고 우리한테 할 거냐고 물어보네?

씨발.

나는 선정이가 들이민 핸드폰 화면을 들여다보다가 부동

산업자에게 몇 마디 말을 남겼다. 답장은 오지 않았다. 등기부등본에는 융자금이 아닌 미상환 보증금이 찍혀 있었다. 선정이는 이 정도면 그리 큰 금액은 아니지 않냐며 내 눈치를 보았다. 눈치를 보지 말고 검색해 봐야지 무식한 새끼야. 무식한 새끼라는 말은 속으로 삼키며 말했다. 사기가 별게 아니야. 정확히 안 알려줘서 제대로 발견 못 하면 그대로 당하는 거야.

참 괜찮은 집이라고 생각했는데. 악덕 집주인. 부동산업자를 탓할 수는 없지만 참 너무해. 너무들 해. 전 임차인은 보증금을 되돌려받지 못하고 임차권 등기만 쳐놓은 채 지금은 어디서 살고 있는 걸까. 우리가 뭣도 모르고 그 집에 들어갔으면 어떻게 되었을까. 최악의 경우 집이 경매로 넘어가서 팔리고, 우선순위가 밀려 적은 돈을 받게 되었거나 그마저도 받지 못했을 것이다. 나와 선정이는 돈도 없고 정신머리도 박살 난 채로 2, 3년의 경매 기간을 견뎌야 했을 것이다. 선정이의 작은 식당과 우리의 희망찬 미래는 뒤로, 뒤로 밀려나다가 재가 되어 사라졌을지도 모른다. 다시 매물을 물색해야 했다. 우리의 전 재산을 벗겨먹으려 들지 않는 곳으로. 우리는 잘못한 게 없는데도 서로에게 사과했다. 문제 되는 집을 찾아서 미안해. 너한테 한 건 아니지만 욕을 해서 미안해.

살림살이가 꾸역꾸역 들어찬 좁은 집들을 지겹도록 돌아

다니던 때였다. 모래를 밟고 바람도 쐬고 선정이의 손을 잡고서 파도를 보고 싶었다. 바다는 벽도 없고 천장도 없잖아. 그래서 우리는 버스를 탔다. 선정이는 창가에 머리를 기댄 채 눈을 감았다. 많이 지친 모양이었다. 어깨와 뒷덜미 사이에 북극성을 닮은 흉터가 보였다. 어렸을 때 개에 물린 상처였다. 나는 개가 어떻게 물었을지 상상하며 내 입을 그 흉터에 대보곤 했다. 따뜻한 살이 닿으면 이가 간지러웠다. 오랜 시간이 지나도 없어지지 않네. 나는 흉터를 지그시 바라보았다. 사람을 물어본 적 없다던 그 개가, 동네에서 단 한 명의 아이도 물지 않았다던 그 개가 왜 선정이만 물었을까. 선정이는 그 개가 돌아다니는 곳에서 조금 더 윗동네에 살았다. 할머니가 우유 주머니에 열쇠 두는 걸 깜빡 잊은 날에만 놀이터가 있는 아랫동네로 내려가 해가 질 때까지 놀았다. 그게 개의 눈에도 보인 걸까. 개에게 물린 날 밤에 할머니는 선정이를 끌고 개의 주인에게 찾아갔다. 개를 신고하지 않는 대신 5만 원을 받기로 합의한 후 통닭을 먹었다. 할머니가 먹고 남은 퍽퍽한 살코기를 잘게 찢어서 닭죽을 끓여줬어. 그 맛을 잊지 못해서 내가 지금도 이걸 해 먹잖아. 치킨으로 만든 닭죽을 나무 주걱으로 저으면서 선정이가 웃었다. 나는 그걸 세 번 정도 먹어보았다. 처음에는 비위가 상했고, 두 번째 먹었을 때는 조금 찝찝했지만 정말 닭죽 맛이라 생각했고, 세 번째 먹었을 때는 맛있었다. 아주아주. 그 후에 또 만들어 달라고 했을 정도로.

당장 갈 수 있는 바다를 찾아온 것이지만 생각보다 접근성이 좋지는 않았다. 도착하니 해가 지려 하고 있었다. 을왕리 해수욕장은 백사장이 넓었고 파도가 약하게 쳤다. 우리는 가만히 앉아서 바닷바람을 맞았다. 파도는 엇비슷한 크기로 멈추지 않고 밀려왔다. 거리를 두고 바라보면 바다는 아름답지. 어디서부터 깊어지는지 알 수 없고 알 필요도 없지. 하지만 오늘은 왜일까. 왜 이곳의 바다는 보고만 있어도 무서워지는 걸까. 얼마나 깊을까. 열 걸음 정도 걸으면 가슴팍까지 빠지게 될까, 아예 발이 닿지 않게 될까. 직접 들어가 보면 알 수 있겠지. 선정이는 조용히 바다를 보고 있었다. 나는 밀려오는 파도의 개수를 세다가 그만두었다. 그 후에는 저녁을 먹으러 갔다. 큰 목소리와 정신없는 손짓들. 호객 행위에 붙들려 아무 식당에나 들어갔다. 사장이 추천해 준 조개구이 세트 메뉴를 주문했다. 가격에 비해 형편없는 양이 나오자 선정이가 내 눈치를 보았다. 나는 말없이 조개를 불판 위에 올렸다. 불만을 들고 따지면 사과 없이 조개를 조금 더 가져다주겠지. 하지만 나는 그날 조개 서너 개를 더 요구할 기운이 없었다. 조개구이를 다 먹어갈 즈음, 사장님은 서비스라며 탄산음료를 주었다. 선정이는 사람 좋게 웃으며 감사하다고 대답했다.

바다에 다녀온 후로도 선정이와 함께 매물을 보러 간 적이 있었다. 아담하고 깔끔한 집이었다. 선정이는 부엌을 꼼꼼하게 둘러보았다. 물을 틀어보고, 싱크대 아래 서랍을 열어 곰팡이 유무를 확인하기도 했다. 나는 선정이의 뒷모습을 물끄러미 바라보다가 흐트러진 옷깃을 제대로 접어주었다. 마지막에 본 집은 선정이와 내가 원하는 조건에 그럭저럭 잘 맞았지만 우리는 집을 계약하지 않았다. 나는 일상을 지내며 뜬금없는 시점에 그때가 떠올랐다. 왜일까. 그때는 헤어지자는 얘기를 꺼내기 훨씬 전이었는데. 세상에는 깊이를 가늠할 수 없는 종류의 것이 세 가지 있어. 바다, 인간, 가난. 우리는 왜 헤어졌을까. 선정이가 손해를 보고도 가만히 있어서? 그 모습이 답답해서? 그런 걸까. 우리가 함께 바라본 바다의 깊이가 달라서? 그랬던 것 같아. 그렇다고 하자.

요즘 들어 친구들이 하나둘 결혼하기 시작했다. 레스토랑에서 청첩장 모임을 하는 일이 잦았다. 나는 그때마다 얇은 블라우스를 입고 낮은 구두를 신었다. 에피타이저, 수프, 소스가 적은 메인 음식에 레드와인 두 잔. 친구들의 약혼자 이야기를 듣고 질 좋은 메뉴를 먹으면 선정이가 해주던 음식이 떠올라 웃음이 나기도 했다. 선정이가 좋아하고 선정이를 따라 나도 좋아했던 거. 생선 대가리 라면, 먹다 남은 치킨으로 만든 닭죽, 햄 한 조각 없이 오로지 김치만 들어간 김치볶음밥, 다시다로 소고기 향을 낸 소고기 없는 소고기뭇국. 너 왜 혼자 웃어. 요새 사귀는 사람 있어? 그렇게 물어오면 나는 선정이 이야기를 조금 해주었다. 선정이를 안주 삼아 한 병, 두 병 술이 동나버렸고, 친구들은 요새 그런 게 어딨냐며 웃었다. 진짜로 있어 그런 게. 함께하는 미래를 그렸던 이가 내게도 있었다고. 옛날 괴담 같아. 기영이 나오는 만화 있잖아, 그거 같아. 할머니, 할아버지 때 보릿고개나 IMF 터졌을 때 얼마나 힘들었는지 얘기하는. 그런 거 같아. 샹들리에 아래 빛나는 친구들의 귀걸이, 가지런한 치아, 화창한 웃음소리.

청첩장 모임을 하거나 선을 본 다음 날에는 선정이와 자주 데이트했던 파스타 가게에 갔다. 모든 메뉴가 6000원으로 가격이 올랐지만 바게트는 여전히 눅눅하고 파스타에서는 싸구려 맛이 났다. 선정이는 여기서 자기가 모아온 재산을 보여줬었지. 그때를 생각하면 귓가에 파도가 치고 속이 울렁거려. 선정이의 손을 꽉 잡고 싶은 충동이 다시금 떠올라서. 그 손을 잡고 어디라도 깊이깊이 들어갈 수 있을 것만 같았는데. 얕은 바다 맛 라면이 너무 맛있어서 매일 먹고 싶은 날들이 있었다. 선정이와 내가, 선정이의 입맛과 내 입맛이 닮아가는 걸 느끼면서 가슴 한쪽이 서늘해지던 그런 때가 있었다. 나는 포크로 면을 돌돌 말면서 입안에 있는 파스타를 오래도록 씹어 음미했다. 여전히 볼품없는 맛이네. 다행이었다.

미래에게

미래야, 네 소설의 첫 독자가 되어 기쁘다.

읽을 때마다 드는 생각이지만, 네가 쓴 글을 읽으면 네가 느껴져. 바다에 몸을 담그면 모래의 단단함과 물결의 부드러움, 따뜻하면서도 차가운 수온을 느낄 수 있는 것처럼 네 글에 마음을 담그다 보면 너의 단단한 언어와 너와 네 인물들이 삶을 대하는 강인한 태도를 여실히 느끼게 돼.

인간, 가난, 바다 중 너는 어디에 가장 깊이 빠져보았니.

모두 '깊이를 가늠할 수 없는' 것들이지만, 알면서도 몸을 맡기게 되고, 잠겨들고 질식당해도 끝내 헤어 나올 수 없는 건 사람뿐인 것 같아. 그래서 우리는 기꺼이 타인에게 마음을 내주고 아파도 사랑을 유지하는 거겠지. 소설 속 한 문장처럼 그게 참 무섭고도 아름다워.

나는 소설 속 '나'에게 내내 마음이 쓰였어. '나'가 의심하는 사람이어서, 그게 소설 밖의 나와도 닮아 있어서 그랬던 것 같아. 웅변을 하며 의견을 피력할 때도, 누군가에게 취향에 관해 말할 때도, 선정과의 사랑을 이어갈 때도 '나'는 그게 진짜인지 가짜인지 헷갈려 하잖아. 끝내 사랑에도 의심을 섞는 인물이 익숙해서 더 슬퍼졌어. 자신을 증명하려 애쓰던 '나'가 처음 힘을 뺀 순간이 선정과 함께할 때라서, 따뜻한 음식을 나누며 닮아가던 때라서, 나는 '나'가 그렇게 잔잔한 물살에 몸을 맡기다 사랑에 푹 잠겼으면 했거든. 가난의 깊이는 얕고, 버틸 만한 것이라 확신하길 바랐던 것 같아. 그게 연약하고 볼품없는 믿음일지라도 말이야.

우리가 확신을 가질 수 있는 순간은 살며 몇 번이나 될까. 아마 많지는 않겠지.

그걸 알면서도 나는 소설을 덮은 뒤에 '나'가 그 사랑을 옛날 만화 속에 나올 법한 일이라 여기지 않았을 거라 믿고 싶었어. 그 기억을 슬픈 괴담으로 남겨두지 않았을 거라고.

우리가 얕은 바다라면 서로에게 후회는 없겠지. 아프지도 않을 거야. 그것을 알면서도 자꾸만 더 깊이 빠져드는 사람은 우스우면서도 참 다행스러운 존재인 것 같아.

사랑을 할 때 우리는 모래사장에 서로의 이름을 적잖아. 간혹 파도에 쓸려 나간 이름들이 어디까지 흘러갔을지 상상해 보곤 해. 멀리 흘러가도 그 흔적은 바다에 새겨졌을 거라 여기면서. 선정과 '나'의 나날도 마찬가지겠지.

확신할 수는 없지만, 그렇다고 해두고 싶어.

음

야만

구의 집: 갈월동 98번지

성해나

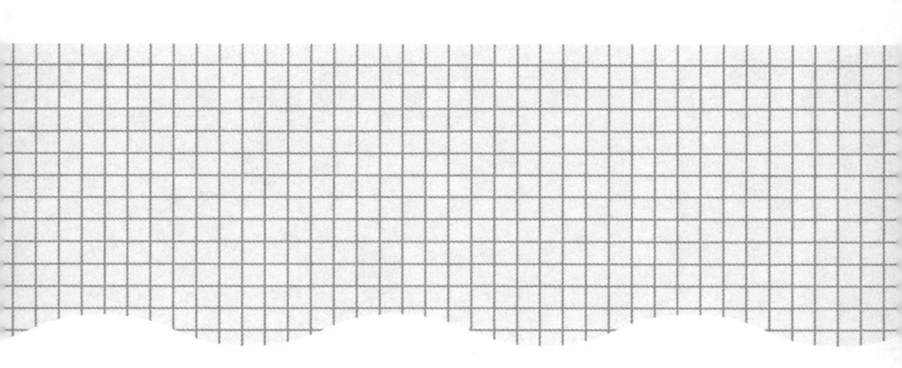

일제강점기 당시 그 땅은 ‘히로나카 상공 주식회사’라는 일본 회사의 소유였다. 갈월동 주민들은 그 땅을 금싸라기 땅이라 불렀다. 실제로 1930년 조선총독부의 금광 개발 정책이 시행되었을 당시 그 땅에서 금맥이 발견되기도 했으니 금싸라기 땅이라는 통칭은 어느 정도 맞아떨어지는 말이기도 했다. 금맥이 발견된 까닭일까. 그 땅에 정착했던 이들에겐 전부 경사가 있었다. 히로나카 상공의 공장장이었던 김상률은 사택에 살며 늦둥이를 보았고—그의 나이 쉰여섯의 일이었다—, 소유주였던 이시다 요스츠구는 새롭게 시작한 광산 사업으로 종로에 가옥을 열 채나 살 정도로 큰 이득을 보았다. 회사를 정리하고 규슈로 돌아온 이후에도 요스츠구는 종종 갈월동에서의 나날을 복기하곤 했다. ‘조선에 살 때는 간밤이 편안하고 아침엔 몸이 개운한 것이 그리 좋을 수가 없었다'고.

1976년 대한민국 내무부로 소유권이 이전되기 전까지도 그 땅에 살던 사람들은 크고 작은 복을 누리며 평탄히 지냈다. 사업에 성공하고, 뜻밖의 재물로 횡재하고, 말년에 자식을 낳고, 명이 다할 때까지 무탈히 살며.

국유지로 전환되지 않았다면 그 땅은 유명인의 택지 혹은 풍수지리를 믿는 누군가의 묫자리가 되었을 것이다. 아래로는 한강이 흐르고 위로는 북악산과 인왕산이 덮고 있어 바람은 감추고 물을 얻는 데는 제격인 길지라고, 대한민국의 내로라하는 지관들이 저마다 예견하곤 했으니까. 실제로 한 식품업체 회장은 그 사실을 알고 서둘러 땅을 매각해 사옥을 지으려 했는데 이미 내무부 장관 김치열의 이름으로 공사가 발주되어 기회를 놓쳤다.

이 명당엔 도대체 어떤 건물이 지어질까.

갈월동을 지날 때마다 회장은 생각했다. 자신의 사옥이 들어오지 못한 것은 안타깝지만 경쟁 업체가 아닌 국가에서 땅을 사들였다는 사실엔 다소 안도하며 회장은 또 다른 길지를 찾아 헤맸다.

건물은 1년 만에 완공되었다. 그 땅을 탐내던 이들은 그곳에 지어진 건물을 보고 실망을 감추지 못했다.

'국제해양연구소'

흑갈색 벽돌로 외벽을 촘촘히 쌓아 올린 건물은 창이 없다는 것 외에는 별다른 특색도, 눈에 띄는 점도 없었다. 해양연구소라니. 고작 이따위 건물을 짓기 위해 명당을 낭비했다는 것인가. 국제해양연구소는 한동안 주민들 사이에서 흉물로 불렸다. 건물이 주변 경관을 해치고, 땅의 정기를 다 빼앗아 간다며 항의하던 이들도 있었다. 허나 무릇 인간이란 제가 손에 쥐고 있지 않은 것에 대해선 차차 냉담해지는 경향이 있지 않은가. 애초 국유지라 주민들도 무얼 어찌할 방도가 없었고—님비현상이 일어날 만한 시대도 아니었다—, 주거 단지와 꽤 떨어져 있었기에 그곳은 사람들의 관심에서 서서히 멀어졌다. 얼마 지나지 않아 국제해양연구소는 갈월동의 풍경이자 일상이 되었다.

그로부터 3년 뒤인 1980년. 국제해양연구소와 500미터 떨어진 부지에 지상 3층 규모의 '경동 수련원'이 세워졌다. 준공식이나 고사도 치르지 않고 건물은 완공되었다. 수련원으로 불렸으나 여느 수련원에 비해 창도 좁고, 외부에서 내부로 들어오는 경로도 제한되어 있어 여러모로 사람이 생활할 만한 공간처럼 보이지 않았으며, 멀리서 보면 흡사 '국제해양연구소의 이복동생' 같기도 했다.

간혹 기웃대는 이들이 있었으나 다들 그저 수련하는 공간이겠거니 심상히 여겼고, 애당초 그리로 지나다니는 사람도 많지 않아 그런 건물이 증축되었다는 것을 아는 이도 드물었다. 하지만 알 만한 사람들은 그곳이 수련원 용도로 지어진 건물이 아니라는 것을, 공공연히 '구의 집'으로 불린다는 것을 누구보다 잘 알고 있었다.

한국 근대 건축사를 심도 있게 탐구한 건축학도라면 '구의 집'을 익히 들어보았을 것이다. 모르는 사람이 보기에는 평범할 수 있으나 전문가의 시선으로 심도 있게 들여다보면 갓등 하나부터 출입문까지 치밀하게 설계된 건축물이니까.

면적이 좁고 형태도 일정치 않은 부지에 오각형 형태의 건물을 지음으로써 지면을 최대한 확보했으며, 협소한 내부에 60센티미터 너비의 나선형 철제 계단을 설계하여 입체감은 물론, 개방감까지 살렸다. 가장 돋보이는 건 3층에만 있는 돌출형 수직 창이다. 남향으로 나란히 난 여덟 개의 창은 매일 정오, 단 10분만 빛이 들어오도록 설계되었다. 건축을 어느 정도 이해하고 있는 이들이라면 남향 창은 크게 만들어야 결로도 줄고 환기나 채광에도 도움이 되지 않나, 의아해할 수 있을 것 같다. 허나 이 건물의 실제 용도를 알게 된다면 그것이 실수가 아닌 치가 떨릴 만큼 용의주도한 판단이라 누구든 고개를 끄덕일 수밖에 없을 것이다.

'구의 집'의 용도 때문인지, 설계 때문인지 건축가를 둘러싼 소문 역시 무성하다. 그의 재능을 질투한 스승이 독살했다는 설, 폐결핵으로 서른이 되기 전 요절했다는 설, 한국 건축의 미래를 비관해 일찌감치 일본으로 떴다는 설 등 각종 괴설이

난무하지만, 밝혀진 것은 하나도 없다. 건축가의 성을 따 그 건물을 '구'의 집이라 부른다는 것만이 유일한 사실이나 이것도 반은 맞고, 반은 틀리다.

44년이 지난 지금까지도 베일에 싸인 '구의 집'의 설계자 구보승은 누구인가.

∞

만일 당신이 구글 창에 건축가 구보승을 검색한다면 어떤 자료도 찾을 수 없을 것이다. 흔한 이름이 아닌데도 그렇다. 허나 그의 스승 여재화를 검색한다면 이야기가 달라질 수 있다. 여재화는 김수근, 김중업과 어깨를 나란히 했던, 20세기 한국 건축에 지대한 영향을 끼친 인물이니 말이다.

구보승을 논하기 전, 그의 스승 여재화에 관해 이야기해야 할 것 같다.

여재화는 K대 공과대학 교수로 약 25년간 재직했다. 1978년은 여재화가 겸임교수로 부임하던 시기였다. 뉴올리언스 엑스포에 한국관을 설계한 공적을 인정받아 국가산업훈장을 받은 해이기도 했고. 여재화에게 1978년은 상승 사다리를 한 칸 한 칸 밟아 올라가는 황금기였으나 건축계는 암흑과 같았다. 선배인 Y가 국책을 비판하여 타국으로 강제 추방당한 지 2년째였고 그와 목소리를 함께한 이들 역시 반체제 인사로 분류되어 건축가로서 맥이 끊긴 지 오래였다. 여재화도 언제든 그들과 같은 처지가 될 수 있었지만 불행인지 다행인지 그는 처세에 능했고 한국관을 설계한 뒤로는 내각의 신임까지 얻고 있었다. 갈월동 부지 사업의 건축가로 위임된 것도 다 그 덕이리라. 이 국가사업만 잘 성사시킨다면 건축가로서의 명성은 물론이거니와 높은 확률로 정교수에 임용될 수도 있을 터인데, 문제는 시간이었다. 내무부 장관은 석 달 내로 설계를 마무리 지으라 요구했다. 석 달. 길면 길다고 할 수 있겠으나 대학에서 수업과 연구를 겸하는 동시에, Y가 추방당하며 그가 수주받은 대통령 사저 개축까지 대신 맡게 된 여재화에게는 턱없이 짧은 시간이었다. 깔끔히 택일할 수도 있었으나 여재화는 손에 쥔 토끼 중 하나도 놓고 싶지 않았다.

몸이 두 개였으면 좋겠네. 하다못해 잡무를 봐줄 사람이라도 있으면 편하련만.

여재화는 갈월동 설계를 함께할 동료 몇을 떠올렸으나 워낙 자존심이 센 이들이라 누구 밑에서 일하는 것을 꺼릴 게 분명했다. 여차하면 자리를 뺏길 수도 있었고. 믿음직하지는 않았으나 제자들 중에 추려야 했다. 재능은 있는데 야망은 없는, 주무르기 쉬운 놈이 누가 있을까. 머리를 싸매며 후보를 물색하던 여재화의 뇌리에 문득 스쳐 간 사람이 있었으니, 구보승이었다.

건축학부에서 눈에 띄는 학생들은—그래 봐야 서넛도 안

되지만—대개 목표 지향적이었다. 그들은 교수의 눈에 들어 고명한 건축가의 사무소에 들어가거나, 추천서를 받아 동경이나 불란서로 유학을 가기 위해 애썼다. 그 들끓는 야망을 여재화는 충분히 인정하면서도 경계했다. 야망에는 수많은 불쏘시개가 필요한 법이었다. 건축가로서의 철학, 숭고한 사명은 물론이거니와 이에 더해 야망을 구현해 줄 부모의 재력과 명성, 위를 향한 끊임없는 열망……. 개중에는 욕망의 불구덩이에 온갖 쏘시개를 던져 넣다 스스로 땔감이 된 이들도 있었고.

졸업반이었던 구보승은 그 쏘시개가 없는 학생이었다. 제출한 도면을 보면 기본기도 탄탄하고 오차 없이 정확했으며 성실함까지 보였는데, 정작 가장 중요한 야망은 늘 빠져 있었다. 지난 크리틱만 해도 그랬다. 학생들의 설계안은 다 고만고만하지만 특이점이 하나씩은 있었다. 같은 건물을 설계해도 누구는 파도가 일렁이는 모양새로 외관을 구축하고—가우디의 '카사 밀라'를 도작한 것일지라도—, 누구는 현대 건축양식에 콜로네이드[1]를 결합했으며—비록 조화를 이루지는 못할지라도—, 누구는—시공은 어려울지라도—70층 높이의 다면체 마천루[2]를 구상했다. 건축의 정형화된 도식이나

1 그리스 로마 시대에 발달한 회랑. 고전주의건축에서 주로 보인다.
2 지금은 마천루가 흔하지만 1970년대에는 김중업이 설계한 삼일빌딩을 제하곤 10층 이상의 건물을 찾아볼 수 없었다.

구조는 연차가 쌓이면 자연히 익히게 되어 있었다. 학부 시절엔 기념비적인 건축물을 모방해 보기도, 틀에 벗어난 설계를 해보기도 하며 자신의 개성을 찾아야 마땅했다. 깨지고 부딪치기를 주저해서는 안 되었다. 여재화가 생각하는 야망이란 그런 것이었다. 건축을 향한 원대한 이상. 현실에 구애받지 않는 과감함. 한데 구보승은 정반대였다. 구보승이 제출한 작품은 2층짜리 연립주택이었다. 서구의 기거 방식을 추구하는 주택이었으나 휴먼스케일이 동양인의 체격에 맞추어져 있어 층고가 높지 않았고, 신발 벗는 문화를 고려해 현관과 마루의 경계까지 제대로 잡아두었다. 계절에 따라 몇 배 이상 차이 나는 태양의 고도를 유념했는지 처마의 높이와 각도도 세밀하게 측량되어 있었으며 거실과 부엌 양쪽에 적당한 너비의 여닫이창을 들여 환기와 통풍이 원활하도록 만들었다. 깔끔하고 흠잡을 데 없었으나 그뿐이었다. 달리 할 말이 떠오르지 않았다. 아연실색할 만큼 비범해서가 아니라 지극히 합리적이고 도식적일 뿐이라서. 철과 유리를 핵심 자재로 쓴 것은 미스 반데어로에의 초기작과 비슷했으나 구보승의 작품은 그보다 덜 파격적이고 더없이 안전했다. 어지간해서는 쓴소리를 삼가는 여재화였으나 그런 작품 앞에서는 엄혹해질 수밖에 없었다.

합리적인 것도 좋지만 결국 시대와 역사에 남는 건 신선한 사고와 대담한 발상을 지닌 작품이야. 미스 반데어로에의 판

스위스 하우스만 봐도 그렇지 않나. 철과 유리 같은 실용적인 자재로 그토록 획기적인 건물을 지을지 누가 상상이나 했겠나? 한데 자네 작품에는 그런 게 없어. 가슴에 불을 지피는 무언가가 없다고.

거장의 작품까지 들먹이며 여재화는 구보승을 자극했지만, 비판을 들으면 표정이 구겨지는 여느 학생들과 달리 구보승은 시정하겠다 말하며 허허실실할 뿐이었다. 구보승의 작품에 최하점을 매기며 여재화는 속으로 생각했다. 저런 물렁한 놈 같으니.

한데…… 업신여겼던 그 물렁함이 쓰일 데가 있을 줄이야.

종강까지 2주 남은 초여름, 여재화는 구보승을 자신의 연구실로 불렀다. 캠퍼스 중앙에 자리 잡은 남향의 연구실이었다. 그날도 볕이 환히 드는 연구실 너머에서 어김없이 학생들의 데모가 펼쳐지고 있었다. 결의에 차 구호를 외치고 〈농민가〉나 〈아침이슬〉을 부르는 소리가 연구실까지 흘러들어 왔다. 학생 하나가 수업 중 서에 끌려간 사건을 복기하며 여재화는 구보승을 슬쩍 떠보았다.

데모다 뭐다 학교 안팎이 뒤숭숭한데, 자네는 괜찮나?

셔츠의 깃을 만지며 구보승은 헛웃음을 지었다.

저는 관심 없습니다. 그런 일로 엮이는 것도 피로하고요.

구보승의 말에 여재화는 고개를 끄덕였다. 학내 분규와 관련된 학생들은 교수들 사이에서도 경계 대상으로 분류되고, 경우에 따라 제적되기도 했는데 구보승의 학적부는 깔끔했다. '불순분자 아님' 따위의 메모를 끄적이며 여재화는 구보승에게 졸업 후 계획에 관해 물었다. 명목상 졸업 상담을 위한 자리이기도 했으니까.

자네도 설계 사무소에 취직할 건가?

저는 아버지 일을 도울까 합니다.

구보승의 답에 여재화는 반색하여 물었다.

오, 부친도 우리 업계에 계신가?

아뇨. 땅을 좀…… 보십니다.

측량기사시군. 그럼 우리 업계가 맞지.

여재화의 말에 구보승은 어쩔 줄 몰라 하다가 사정을 설명했다.

저희 아버지는 지관이십니다. 풍수지리 공부를 오래 하셨고요.

아, 그래서 땅을 좀 본다고…… 참으로 영예로운 일을 하시는군.

'부친-풍수쟁이' 따위를 메모한 뒤 여재화는 되물었다.

후년쯤 건축학부에 박사과정이 신설된다는데 혹시 알고 있나?

여재화는 인자하게 웃으며 구보승에게 연구생으로 들어오

면 어떻겠느냐 물었다. 구보승이 고개를 갸웃했다.

제가 그만한 역량이 될까요. 성적도 좋지 않고 마땅한 성과도 없는데…….

자네 정도면 충분하지.

연구생 장학제도나 졸업 후 직결되는 취업 현장에 관해 여재화는 설명했다. 연구생이 되면 장학금은 물론이거니와 많지는 않더라도 월급이 나올 거라 말하자 떨떠름했던 구보승도 흥미를 보였다. 어느 정도 회유를 마친 뒤 여재화는 본론을 꺼냈다.

이번 방학에는 무얼 할 예정인가? 바캉스라도 떠나나?

구보승은 극장 가는 게 유일한 취미라며 수업이 없거나 방학이 오면 영화관에 눌러앉는다고 했다. 〈노스페라투〉나 〈루모르그 살인사건〉 같은 고전 영화에 관해 흥에 들떠 이야기하는 구보승을 보며 여재화는 애써 지루함을 삼켰다. 여재화에게는 생소한 영화였다.

그래, 좋은 취미군. 건축도 예술에 접해 있으니까.

구보승의 말을 슬그머니 끊으며 여재화는 올여름엔 자기 밑에서 일해볼 생각이 없냐 물었다.

어려운 일은 아니야. 실무는 내가 볼 거고, 자네는 자료나 견적서 좀 살피고 설계에 오류가 없나 분석하면 돼.

여재화의 제안에 구보승은 떨떠름하게 말했다.

손 군과 문 양도 있는데, 왜 저를…….

구보승과 같은 졸업반인 손종호와 문이정은 여재화가 더없이 아끼는 제자들이었다. 손종호는 1학년 때 대학생 콤페에서 대상을, 3학년 때 상공미술전람회에서 대통령상을 받은 전도유망한 학생이었고, 문이정은 성비가 한쪽으로 치우친 공과대학에서 굽힘 없이 자신의 작품을 내보이고, '공공건축'이라는 진보적 분야에 일찍이 관심을 보일 만큼 영리한 학생이었다. 조수 노릇을 하기엔 포부가 큰 학생들일뿐더러 뒷배도 든든했다. 손종호의 부친은 여재화와 경기공립학교와 서울대를 거쳐 동경예술대학에서 석사까지 함께한 죽마고우였고, 문이정의 조부는 2공화국 시절 문화재청장을 역임한 분이었다. 주무르기 쉬운 상대는 아니었다. 하물며 이런 사업에 그들을 참여시키고 수족처럼 부린다는 것은 있어서는 안 될 일이었고.

속내를 숨긴 채 여재화는 감언이설을 보탰다.

티가 안 나서 그렇지. 내가 자네를 얼마나 귀여워하는데. 자네의 성실성도 높이 사고 말이야.

그래도 저보다는 손 군과 문 양이…….

미적미적 말을 돌리는 구보승을 향해 여재화는 엄숙히 못 박았다.

내 생각에 적임자는 자네뿐이야. 자네에게는 그러니까…… 가능성이 보이거든.

여재화는 말을 이었다.

자네는 건축에서 가장 중요한 게 뭐라고 생각하나?

……발상과 사고 아닙니까.

그래, 내가 강조한 것은 그랬지. 하지만 건축에서 가장 중요한 건 결국 인간이야. 우리가 설계한 공간에서 생활할 사람들이지. 자네는 그 중요성을 인지하고 있는 것 같더군. 채광과 통풍에 신경 쓰고, 개구부는 물론 차양까지 섬세하게 배치하고. 나는 그 세심함에서 자네의 가능성을 봤어. 자네는 꼭…… 청년기의 나 같아.

거짓이라곤 할 수 없으나 그렇다고 진심이 담긴 말도 아니었다. 특히 가능성을 보았다는 말, 구보승이 청년기의 자신과 닮았다는 말은 여재화 자신까지 철저히 속인 말이라고도 할 수 있었다. 허나 그 말이 가슴에 불이라도 지핀 건지 구보승의 표정이 자못 진지해지며 끝내 눈시울까지 붉어졌다. 구보승이 비장하게 말했다.

선생님. 저…… 정말 열심히 해보겠습니다.

하계 방학이 시작된 6월 하순부터 구보승은 여재화의 일을 돕기 시작했다.

구보승은 조수로서 제격이었다. 사흘간의 현장 답사에서 여재화는 그것을 여실히 느낄 수 있었다. 답사 첫날 구보승은 꼼꼼히 부지를 살피고, 소지해 온 지적측량도를 펼쳐둔 채 관로가 매설된 자리와 전주가 들어설 자리를 몇 번씩 점검했다.

친구에게 빌려 온 일회용 카메라로 현장 사진을 찍기도 했는데 그런 점에선 경력이 20년 가까이 되는 여재화보다도 빈틈없었다. 둘째 날에는 현장에 찾아온 측량기사를 붙잡고 한 시간도 넘게 질문을 퍼부었다. 배전 선로와 대지 사이 거리가 너무 짧지 않은가부터 시작해 이쪽은 지반이 평평하지 않아 도근점을 이동해야 할 것 같은데 어떤가, 말뚝이 이곳에 박히는 게 옳은가…….

정도껏 해야지. 학생이 전문가야?

거듭되는 질문에 심기가 불편해진 측량기사가 벌컥 화를 냈다. 험악해질 수 있는 상황에서 구보승은 특유의 물렁함을 발휘했다.

저 같은 무지렁이가 뭘 알겠습니까. 모르니 선생님께 고견을 구하는 거죠. 처음이라 그러니 성가셔도 좀 봐주세요.

구보승이 저자세로 나오자 측량기사의 태도도 한결 누그러지며 묻지 않은 것까지 열심히 설명해 주었다. 그런 친화력과 유함에 여재화는 가탄할 수밖에 없었다.

여름이 무르익는 시기라 조금만 서 있어도 목덜미며 팔다리가 화끈거렸고, 땀과 먼지에 피부가 끈적해졌다. 그때마다 구보승은 얼음물을 조달하고 땀에 전 여재화의 손수건을 새것으로 갈아주었다. 환경뿐 아니라 식사도 부실하긴 매한가지였는데, 함바집이 족히 2킬로미터는 떨어진 거리에 있어 두 사람은 이틀간 빵으로 끼니를 때워야 했다. 소가 적게 들어 있는 단팥빵을 먹는 둥 마는 둥 하며 여재화는 웅얼거렸다.

종일 밀가루만 먹으니 속이 더부룩하네.

가볍게 흘린 말이었는데 그 말을 유념했는지 마지막 날 구보승이 도시락을 준비해 왔다. 정성껏 무친 숙주나물과 무생채, 반지르르하게 윤기 나는 우엉조림이 찬합에 가지런하게 담겨 있었다.

자네가 직접 만든 건가?

저희 아버지가 만드신 겁니다. 입에 맞으십니까?

그럼, 요리 솜씨가 보통이 아니시군.

빈말은 아니었다. 간도 적당했고 밥맛도 달았다. 무엇보다 속이 편했고. 그늘에 앉아 천천히 식사를 하며 여재화는 슬며시 구보승의 의중을 떠보았다.

실내에서 제도나 하고 모형이나 만들 줄 알았는데, 막상 현장에 나와보니 어떤가? 고생스럽지?

구보승은 너털웃음을 지으며 손을 내저었다.

저는 이런 일에 단련이 되어 있습니다. 어릴 때부터 아버지 따라 여기저기 다녔거든요.

지관인 아버지를 따라 동해며 서해며 동행했다고 구보승은 술회했다. 이태 전 아버지께서 산을 타다 낙상을 당해 허리를 크게 다치고부터는 내내 요양 중이라고 후술하기도 했다. 덤덤하게 말하는 구보승을 보며 여재화는 잠시 숙연해졌다. 비슷한 사고로 오래 앓다 운명한 자신의 모친이 떠오르기도 했고.

지금은 좀 괜찮으신가?

아직 운신이 편치는 않으시지만, 산보도 하고 집안일도 하시며 조금씩 회복하고 계십니다.

그래, 곧 자네랑 다시 땅 보러 다닐 만큼 쾌유하실 거야. 분명 그럴 거야.

예상했던 것보다 성숙한 청년이라고 생각하며 여재화는 구보승의 어깨를 도닥였다.

어릴 때부터 아버지를 따라다녔으면 땅도 어느 정도 볼 줄 알겠군.

아버지만큼 땅을 잘 보지는 못해도 길지인지 아닌지는 대략 구분할 수 있다고 말하는 구보승에게 여재화는 무거워진 분위기도 풀 겸 장난스레 물었다.

그래? 여긴 어떤가?

이곳은…….

구보승은 눈을 가늘게 뜨고 주변을 둘러보았다. 무얼 꿰뚫어 보듯 구보승은 서쪽에 놓인 철로와 남쪽의 미군 기지, 그리고 북쪽으로 500미터 떨어진 곳에 있는 국제해양연구소를 유심히 살핀 뒤 말을 이었다.

두말할 나위 없는 길지죠. 좌청룡, 우백호, 명당수가 다 모여 있지 않습니까.

구보승은 인왕산을 청룡에, 북악산을 백호에 빗대며 양옆으로 정기가 흐르고, 아래로는 드넓은 강이 흐르니 잉孕을 이루는 좋은 터라고 했다. 임부의 배처럼 위는 솟아 있고 아래로 내려갈수록 경사가 완만한 지대를 지관들은 생기가 응집된 땅이라 부르는데 이 땅이 그렇다고 설명했다. 여재화가 보기에 갈월동은 썩 좋은 땅이 아니었다. 40년 전 만조천을 메우기 전까진 물이 흘렀기에 지반이 약했고, 특히나 이 지대는 땅의 형태가 일정치 않아 설계할 때 애를 먹을 것 같았다. 허나 구보승의 달변이 통한 건지, 여재화는 건축가는 보지 못하는 뭔가가 이 친구에게는 보이겠거니 생각하며 구보승의 말을 곧이들었다.

부친께 제대로 배웠군.

어깨너머로 배워 형편없습니다.

구보승은 물로 입을 한번 헹군 뒤, 가볍게 덧붙였다.

저희 아버지가 봤으면 분명 한 소리 하셨을 겁니다. 수련원 세우기엔 아까운 땅이라고요.

구보승의 말에 여재화의 낯빛이 어두워졌다. 구보승에게는 이 땅에 수련원이 지어질 거라 언질해 둔 터였다. 서류상으로는 그러했으니까. 이 자리에 건물이 완공되면 지도에도 '경동 수련원'으로 표기될 예정이었다. 실상은 달랐지만.

차차 굳어지는 여재화의 표정을 살피며 구보승은 조심스럽게 물었다.

제가 실언을 한 걸까요?

최대한 말을 아끼는 게 여재화로서는 여러모로 이로웠다. 허가도 내지 않은 국가 기밀 사업이었다. 완공 후 시방서를 즉각 폐기하라는 조항이 있을 정도로 은밀한 일이기도 했다. 조수라지만 3개월 일을 봐주는 게 고작인 구보승에게 미주알고주알 사정을 떠벌리는 건 아무래도 위험했으나 인간이란 무릇 속단하는 경향이 있으며 한번 결계가 풀어지면 한없이 물러지지 않는가. 구보승이 목에 걸어준 손수건에 냉기가 남아 있어서인지, 달고 정갈한 밥맛 때문인지 여재화는 이 청년은 신뢰해도 되지 않을까, 생각하게 되었다.

지금부터 내가 하는 말은 극비로 부쳤으면 하네. 오롯이 자네를 믿고 얘기하는 거니…….

운을 떼게 된 것도 그 때문이었고.

이 건물이 수주된 경위는 1974년에 공포된 긴급조치로부터 출발한다. 전국적으로 반유신 운동이 거세지자 정부는 긴급조치를 시행하여 '불온 세력'으로 일컬어지는 이들을 전부 잡아들였다. 처음에는 긴급조치를 위반한 자들을 처벌하기 위한 공간으로 내무부 치안국이 사용되었지만, 긴급조치 9호에 이르자 불온 세력의 수가 급속도로 증가해 치안국이 포화 상태에 이르렀고 원활한 순환을 위해 시설이 신축되어야만 했다. 민가와 떨어져 있고, 서쪽으로는 열차가 다녀 비명이 새어 나갈 염려가 적으며 국가 소유지라 분쟁에서 자유로운, 음지에. 국제해양연구소가 지어진 것도 그 무렵이었다.

여재화는 흐르는 땀을 손수건으로 훔친 뒤, 국제해양연구소를 바라보았다.

그러니까, 저기 저 건물이 해양연구소가 아니듯 내가 지을 건물 역시 수련원이 아니란 거지.

고문을 받을 이들이 넘쳐나는 바람에 증설한 시설이자 취조를 해도 실토하지 않는 이들이 최후로 방문하는 밀실. 그것이 내무부 장관이 여재화에게 발주한 증축 공간의 실체였다.

여재화가 기밀을 밝혔음에도 구보승은 무덤덤했다. 무슨 생각을 하는지 모를 정도로 태연해 도리어 여재화가 더 당황했다.

손 떼고 싶다면 지금이라도 그렇게 하게.

여재화의 말에 구보승은 예상과 달리 선선히 답했다.

아닙니다. 그러고 싶지는 않습니다. 수련원이든 고문실이든…….

구보승은 잠시 생각에 잠기더니 확신에 찬 어조로 말을 이었다.

인간을 위한 공간이긴 하니까요. 저는 끝까지 함께하겠습니다. 선생님께 들은 말은 이 자리에서 다 잊고요.

구보승은 찬합을 착착 포개어 정리하고는 흙 묻은 바지를 털었다. 그러고는 진지한 표정으로 이전보다 더 꼼꼼히 현장을 둘러보고 기록했다.

7월부터 여재화는 내무부 장관의 요구사항을 반영해 설계도를 그리기 시작했다.

급수에 철저히 신경 쓸 것, 방음에 유용한 자재를 사용할 것, 창과 문은 되도록 적게 설계할 것……. 시공까지 약 두 달가량 남아 있었다. 이제껏 호텔과 사옥, 상가, 종교시설까지 다양하게 설계해 온 여재화였지만, 이 밀실은 어디서부터 손대야 할지 감조차 잡히지 않았다. 현장 답사에서 모은 자료며 과거에 그려둔 시안, 심지어 알베르트 슈페어[3]의 건축 작품집까지 참조했으나 큰 도움은 되지 않았다.

하던 대로 조경과 미감에 신경 쓰다가도 불현듯 이 공간의 본질이 떠올라 도면에 조성해 둔 벤치와 퍼걸러, 수목을 전부 지워버릴 때도 있었고, 창호와 창살, 내부 벽면의 타일까지 아기자기하게 고려하다가도 취조실에 이런 디테일이 무슨 소용일까 싶어 기껏 고안한 사항들을 모조리 거두어들이길 수일째였다.

그날도 여재화는 일이 손에 잡히지 않아 책상에 앉아 줄담배를 피우고 허무하게 창밖을 보며 시간을 죽였다. 오후 2시가 다 되어 구보승이 연구실로 돌아오자 책상 한쪽에 밀쳐둔 도면을 다급히 펼친 채 일하는 척을 했다.

그즈음 구보승은 오전에는 현장에 나가고, 오후에는 연구실에서 서무를 보거나 대지 드로잉이나 등고선 따위를 그린

3 나치 독일의 건축가.

뒤 여재화에게 확인받았다. 현장 파악은 대략 끝났으니 더 이상 갈월동에 가지 않아도 된다고 말해두었음에도 구보승은 3주간 꾸준히 그곳에 갔다.

아직 봐야 할 게 남아서요.

그러다 보니 연필 냄새 풍기던 뽀송한 청년이 피부가 좌 그을려 한 달여 만에 잡역부의 거친 외양을 띠게 되었다.

구보승이 갈월동 부지 내 소음 및 일조 분석 자료를 브리핑하는 와중에도 여재화는 도통 집중할 수 없었다. 성과에 대한 중압감, 현실과 이상의 괴리가 그를 뒤덮었다.

선생님, 무슨 일 있으십니까?

얼굴에 수심이 가득하다는 구보승의 걱정 어린 물음에 여재화는 처음에는 별일 아니라며 고개를 젓다 거듭 질문이 이어지자 제풀에 사정을 털어놓았다.

이것 좀 봐주겠나?

여재화는 그동안 그린 건축 도면 16매와 구조 도면 8매를 책상과 바닥에 죽 펼쳐두었다. 구보승은 여재화가 바닥에 펼쳐둔 도면부터 하나하나 살폈다. 지하 1층부터 지상 3층까지. 밀실의 구조도가 세세하게 그려져 있었다.

사진실 겸 암실, 서류 창고를 배치한 지하 1층. 말단 직원들이 사용할 숙직실, 화장실, 통신정보 분석실, 그리고 취조받을 이들의 대기실을 배치한 지상 1층. 실장과 반장이 사용할 숙직실과 전실 외에 불순분자들을 감시할 모니터실을 배치한 지상 2층.

감리를 거쳐야 할 테지만, 단기간에 설계했다는 것을 고려하면 밀도가 높았다.

여기까진 어렵지 않았어. 숙직실이며 전실 따위는 이전에도 숱하게 설계해 봤으니.

책상으로 걸음을 옮기며 여재화는 깊게 한숨을 쉬었다.

문제는 3층이야.

구조와 동선을 어느 정도 짜둔 다른 공간과 달리 3층은 진입로와 계단, 개구부 정도만 거칠게 표기되어 있었다.

여긴 도대체 어떻게 설계해야 할지 모르겠어.

3층에는 여덟 개의 취조실이 배치되어야 했다. 하나의 공간을 설계할 때는 요령과 경험도 필요하나, 그것은 불가결이 아니었다. 불가결은 상상력이었다. 무無로 존재하는 공간에 선을 더하고 면을 채우고 종국에는 인간을 집어넣는 일. 그곳에서 살아갈 인간을 위한 집요한 자문자답뿐 아니라 미학과 독창성까지 살리는 일. 그것이 건축가가 갖추어야 할 불가결이었다. 허나 이 취조실은 채우면 채울수록 충족감보다 헛헛함이 깊어졌다. 건축의 본질이나 사명, 순수는 세월의 흐름에 따라 가라앉고 이제는 세속이나 명욕 같은 불순물만 남았다고 여겼던 여재화였지만, 이 공간과 이곳에서 머무를 이들을 상상할 때면 잊었던 초심이 저변에서 서서히 떠오르는 것 같았다. 건축 위에 사람이 있다고 믿었던 한 시기가 서서히.

내가 지금 뭘 하고 있는 건지 정말 모르겠어.

무얼 바라고 고민을 토로한 건 아니었다. 그저 구보승이 자신의 푸념을 들어주고 동조 정도 해주면 족하다고 여재화는 생각했다. 걱정하지 마세요, 선생님. 따위의 말이라도 해주었다면 위안이 될 수도 있었을 테지. 하지만 구보승의 대답은 여재화의 예상과 전혀 달랐다.

주제넘을 수 있지만, 제가 도면을 조금 수정해도 되겠습니까?

당황한 나머지 여재화는 어, 어…… 하고 얼버무렸는데, 그것을 긍정의 표시로 받아들였는지 구보승은 지우개로 도면 속 창문을 하나씩 지우기 시작했다. 이미 수십 번 지워 부풀부풀 일어난 종이가 찢어지지 않도록 조심하며. 창문을 모조리 지운 뒤 구보승은 공손한 어투로 사견을 내놓았다.

제 생각에 이 공간엔 창을 들이지 않는 게 좋을 것 같습니다. 조사자가 유리를 깨고 밖으로 나갈 가능성도 있고, 자칫 비명이 새어 나갈 수도 있으니까요. 그리고 무엇보다…… 희망이 생기잖습니까.

희망?

죽고자 하는 사람도 빛 속에선 의지와 열망을 키웁니다. 살고 싶다는 마음을 품을 수도 있고, 흔들렸던 신념이 굳건해질 수도 있죠.

이에 대해서는 여재화도 충분히 고민했었다. 여재화 역시 빛이 사람의 마음을 두드린다는 걸 알고 있었고 숙고 끝에 창을 넣었다. 한 줌도 안 될 인간다움이나마 지킬 수 있다면 지켜야 했기에. 그것은 취조실에서 조사를 받는 이들을 위한 것일 수도 있지만, 그 공간을 설계하는 여재화를 위한 것이기도 했다. 하지만 구보승은 달랐다.

취조실에 희망은 불필요하지 않나 생각합니다.

예의 바르지만 어조에 단호함이 묻어 있어 여재화는 잠시 아연실색했다.

내가 알던 구보승이 맞나. 그저 허허실실 물렁하던 놈이?

경악스러웠으나 냉정을 되찾고 보니 그리 놀랄 일이 아니란 생각이 들었다. 창문을 없애 빛을 막고 소음을 방지하는 건 지극히 합리적인 발상이었다. 곰곰이 되짚어 보면 그것이 구보승의 특기였고.

여재화가 생각에 잠겨 있는 사이 구보승은 소상히 다른 의견을 냈다.

복도 천장을 좀 더 높여도 좋을 것 같습니다. 천장이 높아져 잔향이 생기면 취조실에서 새어 나온 비명이 복도를 울리게 되고, 그 소리에 조사자의 공포가 극대화될 테니까요.

이 역시 여재화도 염두에 두었던 설계 방식이었다. 천장이 높아지면 공간의 위압감이 높아진다는 도식은 일반적이었으니까. 허나 인간다운 감정이 앞서는 통에 도저히 이를 적용할 수 없었다. 고민 끝에 여재화는 결론을 내렸다. 구보승이 저렇게 거침없을 수 있는 이유는 뭘 몰라서라고. 건축 위에 인간이 존재한다는 사실을 모르니까. 한편으론 이런 생각도 들었다. 어쩌면 나보다 구보승이 더 잘할 수 있지 않을까. 모르는 것이 부처라고 나와 달리 구보승은 연민이나 부채 없이 이 공간을 설계할 수 있지 않을까.

될 대로 되라는 포기였을까. 해볼 테면 해보라는 오기였을까. 여재화는 구보승에게 제안했다.

자네가 3층 설계를 맡아볼 텐가.

여재화의 갑작스러운 제안에 구보승은 어리둥절하여 어찌할 줄 몰라 했다. 구보승의 반응을 살피며 여재화는 말을 달았다.

자네 의견을 듣고 보니 일리가 있어. 현장은 자네가 나보다 더 깊숙이 알고 있으니 적격하다는 생각도 드네. 이 기회에 실무도 익히고 경험도 쌓아봐. 감수는 내가 볼 테니 걱정하지 말고.

나쁘지 않은 선택이라고 여재화는 생각했다. 구보승이 내놓은 것 중 쓸 만한 아이디어만 취해 자신의 공으로 갈음하면 되었다. 그렇다면 손 안 대고 코도 풀고, 마음의 짐도 덜 수 있겠지. 구보승도 기회를 주었다는 것에 의의를 둘 뿐 이견을 제시하지는 않을 것이다. 물렁한 놈일뿐더러 뒷배도 없으니.

어때, 해볼 텐가?

여재화가 되묻자 구보승은 한동안 사려하다 끝에는 고개

를 주억였다.

죽을힘을 다하겠습니다.

구보승이 취조실 설계를 맡는 동안 여재화는 숨도 돌릴 겸 그간 미뤄두었던 대통령 사저 수주를 검토했다. 단순한 개축이 아닌 본채까지 완전히 뜯어고쳐야 하는 대공사였기에 사저가 위치한 신당동에 서너 차례 들락거리기도 했다. 신출내기에게 섣부르게 일을 맡긴 게 아닌가 꺼림칙하기도 했으나 그 무렵 연구실과 사저를 오가느라 정신이 없기도 했고, 구보승이 생각보다 능숙해 여재화의 고민은 금세 무화되었다.

구보승은 자신의 특기를 발휘해 효율적이고 빈틈없이 구조를 짜고 자재를 검토했다. 조사자들이 서로 내통하는 것을 방지하기 위해 취조실마다 출입문을 엇갈리게 설계했고, 욕조와 샤워기가 들어갈 취조실 바닥은 방수 모르타르로, 벽면은 차음을 고려해 유공흡음판으로 마감하라는 메모를 설계도에 일일이 덧붙이기도 했다. 혹 조사자가 전등을 깨 암전이 되거나 인질극을 도모하는 상황이 발생할 수 있으니 전등갓에 반드시 철제 덮개를 씌우라는 메모를 읽으며 여재화는 혀를 내둘렀다. 이상을 뺀 지독한 합리주의. 이것도 재능이라면 재능일 텐데…… 너무 위험하지 않은가.

구보승은 착실히 실시설계를 해나갔다. 대부분을 구보승에게 위임했으나 도면에서 걸리는 지점이 보이면 여재화는 이리저리 에두르기보다는 허점을 직설적으로 건드렸다.

이 부분은 굵은 선이 아니라 가는 선으로 표현해야 해. 시공 들어갈 때 헷갈릴 여지가 있으니 선의 위계를 좀 더 명확히 하게.

자네 의견대로 창문을 없앤다면 환기구를 추가해야 할 것 같아. 환풍에도 신경 써주게.

여재화의 지적에 구보승의 표정이 미묘하게 일그러졌다. 시정하겠다고 답하기는 했으나 그 말의 뉘앙스도 전과 달리 냉담했다.

눈빛이 바뀌었네.

불길했으나 착각이라 여기며 여재화는 판단을 애써 유보했다.

전보다는 뜸하게 들렀으나 여재화는 구보승을 독려하기 위해 종종 연구실에 방문했다. 간식이나 밤참을 사 들고 연구실 문을 열 때마다 구보승은 여재화가 내어준 널찍한 책상에 구부정하게 앉아 도면을 그리고 있었다. 매번 같은 자세로. 8월 중순이었다. 구식 선풍기 두 대가 털털대며 돌아가는 연구실은 후덥지근했다. 무더위에 잠시만 앉아 있어도 정신이 몽롱해지는데, 구보승은 더위도 잊은 모양인지 와이셔츠를 목까지 잠근 채 목석처럼 붙박여 있었다.

이것 좀 들고 하게.

여재화가 빵과 우유를 좌탁에 부리자 구보승은 그제야 고개를 들고 책상에서 일어났다. 몇 주 사이 구보승의 눈 밑은 거무스름해졌고 살이 빠져 광대뼈까지 드러나 있었다.

자네, 잠은 좀 자나?

여재화의 말에 구보승은 충분히 잔다고 답했다. 얼굴이 거칠하고 혈색이 좋지 않은데도 기이하게 눈빛만은 형형했다. 구보승은 빵을 먹다 말고 설계도를 가져와 여재화에게 내밀었다.

계단 디자인을 바꾸었는데, 한 번만 봐주시겠습니까?

감수는 이따 받는 게 어떤가? 자네 거의 먹지도 않았잖아.

여재화의 눈총에 구보승은 엉거주춤하다 다시 빵을 먹었다. 여재화가 안부를 묻거나 사담을 늘어놓는 와중에도 구보승의 시선은 한결같이 설계도를 향해 있었다.

자네도 참 지독해.

농담 반 진담 반으로 이야기하며 여재화는 마지못해 감수를 봐주었다.

애초 여재화가 설계한 것은 ㄷ자 형태로 꺾인 굴절 계단이었다. 추락을 방지하고, 두 사람이 함께 올라가도 충분히 안전할 수 있도록 너비도 150센티미터로 잡아두었다. 건설 규정 최소 너비였다. 허나 구보승은 계단의 너비를 그 반도 안 되게 줄여버리고, 형태도 나선형으로 수정했다. 나선형 계단이라…… 크리틱이었다면 파격적인 발상이라 박수를 주었을 테지만 이것은 실무였다. 규정에 어긋나서는 안 되었다. 나선형 계단은 공간 활용에는 용이하나 경사가 가팔라 사고가 날 가능성이 컸다. 인간의 몸이 닿는 영역이었다. 더 신중해야 했다. 구보승의 설계에 동의할 수는 없었으나 여재화는 이를 지적하기 전에 침착하게 물었다.

왜 설계도를 수정한 거지?

구보승은 망설이다 자신의 소견을 터놓았다.

선생님의 설계도에는 공포가 느껴지지 않아서요.

뭐가…… 느껴지지 않는다고?

조사자들은 눈을 가린 채 계단을 오를 겁니다. 선생님이 설계한 대로라면 여기가 몇 층인지 감으로나마 알 수 있겠죠. 안심할 겁니다. 폭이 넓은 계단이라면 안정이 배가될 거고요. 나선형 계단에는 계단 층이 없습니다. 눈을 가린 상태라면 내가 어디에 있는지 알 수 없을 겁니다. 방향 감각이 무뎌진 데다가 계단 폭이 좁고 경사까지 가팔라 안정성마저 상실된다면 조사자들이 느끼는 공포감은 극대화되겠죠. 그게 제가 설계도를 수정한 이유입니다.

말문이 막혔다. 일전에 한 차례 충격을 받았지만, 이번에는 그 강도가 더 높았다. 어떻게 이런 생각을 할 수 있지? 구보승의 독자적인 견해가 아닐 거라 부정하며 여재화는 되물었다.

어디서 참조한 건가? 알바르 알토? 아니면 요시무라 준조인가?

아뇨. 〈노스페라투〉에서 영감을 받았습니다.

독일 영화에서 영향을 받았다는 구보승의 말에 여재화는 뒷골이 얼얼해지는 듯했다.

나흘 뒤 세기극장에서 그 괴수영화를 관람한 뒤에도 마찬가지였다. 〈노스페라투〉는 미감이나 건축이 돌올한 작품이 결코 아니었다. 괴수의 성이 등장하기는 하나 몇 장면뿐이었고, 오히려 공간이 극도로 배제된 작품이라 여겨지기도 했다. 도대체 구보승은 이 영화에서 무얼 본 걸까. 내게는 느껴지지 않는 무언가가 구보승에게는 느껴지는 걸까.

여재화는 극장에서 나와 충무로 거리를 천천히 걸었다. 오후 6시가 되자 거리에 애국가가 울렸다. 노상에서 요기를 하거나 공중전화 부스에서 통화를 하거나 퇴근을 하던 이들이 일제히 부동자세로 경례를 했다. 엄숙한 표정으로 꼿꼿이 선 이들 틈에서 여재화는 구보승이 말한 공포에 관해 잠시 생각했다.

설계 마감이 일주일 남았을 때까지 여재화는 연구실에 들르지 않았다. 그 무렵 사저 작업 관련해 대통령과 잇달아 자리를 갖기도 했고, K대 총장으로부터 금년 안으로 정교수 자리까지 약속받아 몸이 달았다. 구보승과 얽힌 찝찝한 감정이 남아 있기는 했으나 굳이 신경 쓰지 않으려 다른 작업에 더 몰두하기도 했다.

하루는 자택에서 도면을 그리다 프리핸드 스케치를 담은

크로키북을 연구실에 두고 왔다는 것을 깨달았다. 밤 11시였다. 통금이 지나기 전 크로키북만 얼른 챙겨 갈 요량으로 여재화는 열쇠를 챙겨 서둘러 연구실로 향했다. 통금이 가까운 시간이었는데 연구실 문틈으로 희미하게 불빛이 새어 나오고 있었다. 문을 열자 열기와 더불어 퀴퀴한 냄새가 물씬 밀려왔다. 설계도가 어지럽게 늘어진 책상에 구보승이 홀로 앉아 있었다. 여재화는 당혹스러움을 감추지 못하며 물었다.

자네 왜 아직 여기에 있나?

구겨진 종이 뭉치와 땀에 전 옷가지, 깎고 깎아 끝이 뭉툭해진 연필 수십 자루와 연필 껍질이 바닥에 너저분하게 널려 있었다. 구보승은 몇 주 전보다 더 핼쑥했고 머리카락과 수염은 덥수룩했다.

집에 안 간 건가? 여기 얼마나 있었던 거야?

여재화의 물음에 답을 하는 대신 구보승은 설계도를 들고 오더니 감수를 봐달라 말했다. 구보승의 검지와 중지가 흑연으로 검게 물들어 있었다. 성실과 집념을 넘어 광기에 가까운 구보승의 태도에 질리기도, 두렵기도 했으나 여재화는 자분자분 참을성 있게 그를 타일렀다.

곧 통금이야. 어서 집에 가게.

선생님께서 꼭 봐주셔야 합니다.

며칠 동안 풀리지 않은 문제가 있었는데 오늘에서야 드디어 풀렸다고, 선생님께서도 납득하실 거라 말하며 구보승은 설계도를 내밀었다.

구조와 자재, 설비까지 설계도는 완벽히 짜여 있었다. 취조실의 구조는 전과 비슷했으나, 한 가지 달라진 게 있다면 창의 유무였다. 취조실마다 폭이 좁은 돌출형의 수직 창이 배치되어 있었다.

제가 잘못 생각했습니다. 희망이 필요하죠. 인간에게는.

여재화는 흠칫했다. 이제껏 구보승이 밀어붙였던 합리성과는 대척점에 놓인 사고였다. 드디어 인간을 고려하다니. 독학하는 과정에서 건축의 기조를 깨달은 게 아닐까, 어렴풋이 유추하며 여재화는 안도했다.

그래, 자네 말이 맞아. 인간이 생활하는 공간에 창이 없어선 안 되지.

네. 제가 선생님의 뜻을 미처 알아채지 못했습니다. 빛이 인간에게 두려움과 무력감을 안길 수도 있다는 것을요. 그래서 창이 필요했던 건데……. 저는 완전히 반대로 생각했으니까요.

여재화는 귀를 의심하지 않을 수 없었다. 이게 도대체 무슨 말인가. 구보승은 화색을 띤 채 말을 이었다. 빛이 공간의 형태를 드러나게 해 조사자에게 두려움을 심고, 시간이 흐르는 것을 느끼게 하여 무력감을 안길 거라고. 시공주가 원하는 건 그런 것일 거라고.

희망이 인간을 구원하기도, 잠식시키기도 한다는 걸 선생님은 알고 계셨던 거죠?

여재화는 세세히 설계도를 살폈다. 조사자들이 탈출할 수 없도록 같은 디자인에 일정한 간격으로 배열한 출입문, 바깥에서 안을 감시할 수 있도록 특이하게 설치한 외시경, 시청각적 공포를 유발시키는 급경사의 나선형 철제 계단. 그리고 단 10분만 빛이 들어오도록 치밀하게 계산해 설계한 수직 창. 여재화는 설계도를 책상에 내려두고 냉엄히 선을 그었다.

난 그런 끔찍한 생각을 한 적 없어.

여재화의 말에 구보승의 얼굴에서 화색이 가셨다.

그게 무슨 말씀인지…….

도대체 무슨 생각으로 설계를 한 건가? 두려움이니, 무력감이니…… 그런 걸 건축에 왜 적용하나? 자네는 나한테 도대체 뭘 배운 거야? 괴수영화 따위에 현혹되어 만용을 부릴 거면 당장 그만두게.

구보승의 표정이 어두워졌다. 그는 여재화를 빤히 바라보며 말했다.

선생님이 그러시지 않았습니까? 건축에서 가장 중요한 건 결국 인간이라고요. 저는 철저히 인간을 위해 이 공간을 설계했습니다. 다 선생님께 배운 건데…….

구보승이 억울하다는 듯 여재화를 쳐다보았다. 확실히 눈빛이 달라져 있었다. 연구실에는 여전히 열기가 감돌았으나 여재화의 손발은 차게 식어갔다.

이마에서 식은땀이 흐르고, 가슴이 선득해지는 것을 느끼며 여재화는 답했다.

아니야. 여긴 인간을 위한 공간이 아니야. 난 그런 걸 가르친 적 없어.

∞

2년이 지났다. 타국으로 망명했던 Y는 대통령이 시해되고 몇 달이 더 지나서야 고국으로 돌아올 수 있었다. Y의 환국을 기념하여 그의 후배들이 소소하게 연회를 열었다. 오랜 타국 생활로 몸도 정신도 상한 Y를 위해 후배들은 마장동에서 그가 즐겨 먹던 애기보도 끓어 오고, 아껴두었던 고급 양주까지 개봉했다.

연회의 분위기가 무르익을 즈음 환영받지 못할 손님이 등장했다. 여재화였다. 연회장의 공기가 무겁게 가라앉았다. 싸늘한 눈길로 여재화를 바라보는 이들을 Y는 어질게 달랬다.

내가 불렀어. 재화, 어서 앉게.

여재화는 주저하다 Y의 옆에 앉았다. 연회에 모인 이들에게 여재화는 숙적과 다름없었다. Y를 제외한 누구도 여재화에게 말을 붙이지 않았고, 그의 술잔이 비어도 채워주지 않았다. 밤이 가는 줄 모른 채 건축에 대해 토론하고, 모친상을 당했을 때는 빈소가 차려지기도 전에 조의를 표하려 달려와 주었으며, 아이가 태어났을 때 선뜻 대부가 되어주었던 교우들이 더없이 냉담해진 것을 보며 여재화는 서러움을 느꼈으나 곧 그들의 심정을 이해했다. 다 나의 업보지. 말없이 술만 들이켜는 여재화에게 Y가 부드럽게 말을 붙였다.

안주도 들게. 그렇게 술만 마시다가는 속 버려.

Y가 권하는 애기보 전골을 여재화는 조금 맛보았다. 따뜻하고 고소했다. Y가 말을 이었다.

재화가 나를 대신해 박 통의 사저를 개축했다고 들었어. 그간 정신이 없었을 텐데 나 때문에 과업이 늘었겠구만.

아닙니다. 면목 없습니다.

상황을 지켜보던 동료가 여재화를 비웃기라도 하듯 혼잣말로 중얼거렸다.

면목 없을 만하지. 군부 치하에서 설계한 건물만 몇 채야.

Y가 저지하는데도 동료는 말을 끊지 않았다.

하다 하다 고문실까지 설계했으니…….

동료의 서슴없는 험담에 격한 감정이 일었으나 여재화는 감히 분노를 내비칠 수 없었다. 10.26 사태 이후 잠시 공사가 중단되기는 했지만, 갈월동 건물은 '경동 수련원'이라는 이름을 단 채 설계 그대로 지어졌다. 그곳이 수련원이 아닌 취조실이라는 것을 알 만한 이들은 다 알고 있었다. 그 건물을 설계함으로써 여재화가 얻은 것들에 대해서도 다들 알고 있었다. 허나 그곳의 설계자로 이름을 올린 사람이 여재화가 아니라 구보승이라는 사실은 아무도 몰랐다. 대장을 작성할 때까지 여재화는 수없이 고민했다. 건축계에 파장을 불러올 선택이었다. 당장은 아니더라도 후일에는 제자에게 오욕을 뒤집어씌운 스승이라 낙인찍힐 수도 있을 것이었다. 그럼에도 불구하고 여재화는 대장에 구보승의 이름을 적을 수밖에 없었다. 그곳은 인간을 위한 공간이 아니었으니까. 이 끔찍한 공간엔 자신의 의도가 담기지 않았다고 여재화는 믿고 싶었다. 대장에 구보승의 이름을 새긴 건 그가 취할 수 있는 마지막 야만이었다.

7년간 숙성한 산삼주를 개봉한다며 주변이 소란해진 틈을 타 여재화는 슬그머니 밖으로 나갔다. Y가 그를 따라 나왔다. 벌써 가느냐는 Y의 물음에 여재화는 겸연쩍게 웃어 보였다. Y가 말했다.

우리 담배 한 대 태울까?

오래전 그랬듯 그들은 담배 한 대를 나누어 피웠다. 밤공기가 맑고 시원했다. Y와 말없이 담배를 나누어 피우는 동안 여재화의 긴장도 한층 풀렸다. 그는 Y를 힐끗댔다. 몇 년 사이 Y의 얼굴은 많이 축나 있었다. 동경하던 선배가 귀환했다는 기쁨과 그를 배반했다는 슬픔이 짝을 이루어 뒤섞였다. Y가 먼저 운을 뗴었다.

이렇게 나란히 서 있으니 예전 생각이 나네. 우리 같이 청운동에 있는 교회를 설계했을 때 말이야.

담배 살 돈이 부족해서 늘 한 대를 나눠 피웠었죠.

그때 재화가 독단적인 내 장단에 맞추느라 마음고생 많이 했을 거야. 나와 다르게 재화는 품이 넓고 욕심이 없었지. 매번 허허실실이라 저놈은 어쩜 저렇게 순할 수 있나 궁금했어.

……제가요?

여재화 스스로 알고 있던 자신의 모습과는 전혀 달랐다. 야심과 비열로 가득 찬 청년. 욕망의 불구덩이에 온갖 쏘시개를 던져 넣다 스스로 땔감이 된 남자. 그것이 자신 아니었나. 얼떨떨한 표정을 짓는 여재화 옆에서 Y는 담배의 마지막 모금을 빨고 연기를 깊게 내뱉었다.

그래, 재화 너는 그런 사람이었어.

∞

한 남자가 있다. 서글서글한 낯이 매력적이었으나 세월이 지나며 입매가 처지고 눈두덩이 깊이 꺼져 이제 강팍한 인상을 주는 남자. 노약자석에 앉아도 눈총받지 않을 만큼 노쇠해진 남자. 그는 남영역에서 내려 갈월동을 천천히 거닌다. 40년 전만 해도 주변이 휑했는데, 지금은 고층 빌딩과 아파트 단지가 역 주변에 우후죽순 늘어서 있다. 그는 무의식적으로 건물의 시세와 지가를 따져본다. 직업병이다. 한때는 건축가를 꿈꾸었고, 부친의 뒤를 이어 지관이 되려 한 적도 있으나 지금 그는 공인중개사로 일한다. 수완이 좋고 치밀하며 합리를 중시하는 자신에게는 적합한 업이라 그는 생각해 왔다. 공인중개사란, 건축가와 지관, 그 사이에 속하는 업이 아닌가, 평하기도 했고.

남자는 발이 닿는 대로 정처 없이 배회하다 한 건물 앞에 멈추어 선다.

흑갈색 벽돌로 외벽을 촘촘히 쌓아 올린 건물. 본래 3층으로 설계되었으나 1983년에 증축을 거쳐 한 층이 더 쌓이고 옥탑 층까지 중건해 5층이 된 건물. 곳곳에 경비가 깔려 있었고, 출입이 허용된 이들이 하루에도 수차례 드나들던 과거와 달리 지금 이곳은 인적이 끊겨 괴괴하다. 동파에 약한 마감재의 특성상 외벽은 부식되었으며 보안을 위해 담장을 따라 심어둔 침엽수는 고목이 되었다. 철문이 자물쇠로 굳게 잠겨 내부로 들어갈 수 없지만, 굳이 육안으로 살피지 않아도 남자는 이 건물의 구조를 누구보다 정확히 알고 있다.

그는 눈을 감는다. 좁은 나선형 계단을 타고 3층으로 올라가면 여덟 개의 문이 보인다. 똑같은 모양의 문 중 하나를 열어본다. 방은 어둡다. 지금 내가 있는 곳이 어디인지, 옆에 누가 있는지도 모를 만큼. 정오가 되면 수직 창으로 빛이 희미하게 들어온다. 빛이 공간을 타고 흐를 때에야 벽면이 붉게 칠해져 있다는 것, 욕조와 샤워기, 이동식 변기, 칠성판이 숨 막힐 만큼 효율적으로 배치되어 있다는 것이 인지된다. 빛은

벽을 서서히 훑는다. 밝음이 영원하길 바라지만 빛은 곧 스러지고 그는 다시 어둠 속에 홀로 놓인다.

그는 눈을 뜬다. 철문 옆에는 건물의 연혁과 발주처 등을 음각한 정초석이 놓여 있다. 경동 수련원. 1980년 완공. 1983년 증축. 그 말미에 내무부 장관의 이름과 함께 설계자의 이름이 새겨져 있다. 구보승. 남자는 정초석에 새겨진 자신의 이름을 손바닥으로 조심스레 쓸어내린다.

어떤 이들은 이곳을 경동 수련원이 아닌 구의 집으로 부른다. 건축가에 얽힌 소문 역시 여전히 무성하다. 그의 재능을 질투한 스승이 독살했다는 설, 폐결핵으로 서른이 되기 전 요절했다는 설, 한국 건축의 미래를 비관해 일찌감치 일본으로 떴다는 설. 건축가의 성을 따 그 건물을 '구'의 집이라 부른다는 것도 속설 중 하나다. 이 건물이 어떻게 구의 집으로 불리게 되었는지 남자는 알지 못한다. 건물의 이름은 그의 스승인 여재화가 붙였다.

1979년 봄. 졸업식을 앞두고 여재화는 구보승을 연구실로 불렀다. 덥수룩했던 머리를 죄다 밀어버린 구보승을 보며 여재화는 흠칫했다.

머리는 왜…….

곧 입대를 해야 해서요.

데면데면하게 안부를 나눈 뒤 여재화는 구보승에게 시공

상황을 간략히 전했다. 구보승은 고개를 떨군 채 여재화의 이야기를 잠자코 들었다. 자신이 전역을 할 즈음 건물이 완공되겠거니 구보승은 짐작했다. 졸업 후 동경으로 유학을 가고자 했으나 부친의 병세가 악화되었고, 가계도 갈수록 어려워져 입대를 택하게 된 사정을 구보승은 여재화에게 굳이 털어놓지 않았다.

그간 수고했다는 말과 함께 여재화는 구보승에게 도톰한 봉투 하나를 건넸다. 안에 50만 원이 들어 있었다. 연과 정이 이렇게 정리되는구나. 실망 대신 감사를 표하며 구보승은 봉투를 받아 들었다. 대화가 끊기고 정적이 흘렀다. 구보승이 자리를 뜨려 할 때, 여재화가 느닷없이 그를 붙잡아 세웠다. 입술을 달싹이며 한참 뜸을 들이다 여재화는 나지막이 물었다.

자네는 아직도 그곳이 인간을 위한 공간이라고 생각하나?

물음에 대한 답을 헤아리며 구보승은 멀거니 서 있었다. 인간을 위한 공간. 설계를 할 때만 해도 이에 대해 확신했으나 막상 도면이 완성되고 시공에 들어가자 모호해졌다. 도면 속에 갇혀 있던 것들이 입체로 구현되고, 그 안에서 공포를 느낄 인간을 상기하면 자신이 치밀하게 설계한 것들이 끔찍한 만용처럼 느껴졌다. 스승의 말처럼.

허나 오기인지 객기인지 구보승은 여재화 앞에서 끝내 단언하고 말았다.

어떤 관점에서 보느냐에 따라 다르겠지만, 저는 인간을 위한 공간이라고 생각합니다.

남자는 건물의 정초석을 손으로 쓸다 그곳을 떠난다. 구의 집의 '구'가 두려워할 구懼인지, 구원의 구救인지, 혹은 다른 뜻을 지녔는지 남자는 알지 못한다. 스승은 20년 전 별세했고, 죽기 전에도 따로 만나지 못해 그 뜻을 물어볼 수도 없었다. 뜻을 되짚어 보다 남자는 그만둔다. 이제 와 그게 무슨 소용이 있나.

남자는 갈월동을 천천히 걷는다. 간밤에 좋은 꿈을 꾸었으니 집으로 돌아가는 길에 즉석 복권을 한 장 사야겠다고 생각하며.

애매한 코멘트 —— 조시현

사랑하는 해나매에게

안녕, 해나매. 이렇게 공적인 방식으로 해나매에게 첫 편지를 쓰게 될 줄은 몰랐는데 설레고 새로운 마음이야. 좋아하는 작가들이 지인과 주고받은 서간문을 읽으며 언젠가 나에게도 동료들과 쓰고 읽는 일에 대한 편지를 주고받는 날이 올까 생각한 적도 있는데 막상 그런 순간에 들어와 있으니 상상했던 것만큼 비장한 마음이 들지는 않는 것 같아. 하지만 그조차 즐겁게 느껴지네. 가끔 해나매와 나눴던 얘기처럼, 이런 순간이 조금 더 잦아지면 좋겠다. 해나매의 소설을 읽을 때마다 나는 단단함과 고집스러움을 느껴. 단단하게 땅을 딛고 여기서, 여기의 이야기를 하겠다는 의지가 느껴지거든. 잊지도, 용서하지도 않겠다는 마음도, 전부 목도하겠다는 의지도, 휘둘리지 않고 직시하고자 하는 강인함도, 그럼에도 함께임을 잊지 않는 다정함도, 냉철함도, 부드러움도 모두 생각하게 되고 그런 점에서 반드시 해야 하는 이야기를 하는 작가처럼 느껴진달까. 그러다 보면 자연스레 소설이 가질 수 있는 수많은 역할과 의미들을 곱씹게 되고 좋은 작가에 대해, 지금 여기에서 살고 쓰는 나에 대해 돌아보지 않을 수 없게 돼. 전에도 해나매에게 말한 적 있지만 그런 해나매의 시선과 의지에 나는 어쩔 수 없이 매료돼 버리거든. 그래서 나에게 해나매는 읽어야만 하는 작품들을 쓰는 작가야.

이번 해나매의 〈구의 집: 갈월동 98번지〉 역시 나에게는 그런 이야기로 읽혔고.

언젠가 해나매가 건축에 대한 소설을 쓰고 싶다고 했던 게 생각났어. 그게 이런 이야기가 될 줄은 상상도 못 했지만. 그래, 건축 없이는 지금 이곳을 온전히 말할 수 없을지도 몰라. 이야기는 일제강점기 때부터 금싸라기 땅이라고 불리던 갈월동의 한 집으로부터 시작돼. 국제해양연구소 뒤에 세워진, 멀리서 보면 흡사 연구소의 이복동생처럼도 보이는, 경동 수련원에서. 다른 이름으로 말하자면 구의 집이라고 불리는 그 장소로부터. 하루에 딱 10분만 들어오는 한 줄기의 빛. 어떤 특색도 없는 합리적인 건축물을 짓는 구보승은 일종의 지문처럼 그 창문을 남겼어. 문이 닫혀도 그건 내내 그곳에 있을 것이고, 건물이 무너질 때까지 남아 있겠지. 매일 10분간의 빛이 그곳에 들어오겠지. 다 읽고 나서 구보승의 이름을 오래

곱씹었어. '구의 집'이란 게 결국엔 여재화의 인간성처럼 느껴졌어. 구의 것이 아니라 여재화의 것. 그게 어떤 의미이든 말이야. 그런 여재화는 어쩌면 오래전 Y의 인간성일지도 모를 어떤 건축물을 지었을 테고. 정성껏 필사적으로 인간을 생각하며 그랬을 테지. 그런 식으로 청산되지 않은 역사 속에서 거듭 세워진 건물로 이루어진 도시가 서울일 것이고. 그 건물들은 어떤 이름을 얻었을까. 이상하지. 그렇게 생각하니까 이야기를 곱씹을수록 점차 여재화에게로 마음이 기울더라고. 언젠가 구보승과 같았을, 혼신의 힘을 다해 인간을 생각하며 집을 지었을, 10분간의 빛이 들어오는 창으로 남아 있을 젊은 시절 여재화에 대한 생각이 머리를 떠나지 않았어. 그런 인간적인 집들이 이 땅에는 여전히 있고, 사람들은 거길 지나치거나 그 위에 자리를 잡고 살아가고 있고, 일말의 인간성을 지키며 삶을 꾸려나가고 있을 테고. 나 역시 어떤 형태로든, 어떤 종류의 집을 짓게 될 텐데. 두려움인지, 구원인지 알지 못한 채로 나는 사람들을 지나쳐 카페에 가고 산책을 하며 동네를 오래 걸었어. 연원을 알 수 없는 건물들을 지나 가끔 누군가를 유심히 바라보거나 표정이나 안색을 괜스레 살피고 또 어떤 순간은 조금 소설 같다고 생각하면서. 인간을 말하는 마음이나 인간을 말하는 사람 그리고 인간을 안다는 말이 가질 수 있는 의미들을 되짚어 보면서. 지금 이곳의 야만에 대해 생각하면서.

소설이 미래를 만들 수 있는지는 잘 모르겠어. 하지만 좋은 소설은 나를 어떤 방향이든 한 걸음 더 가보게 하는 것 같아. 그러니까, 모든 과거 위에 세워진 단단하고 혼란스러운 미래로. 무엇보다도 그 모든 것은 결국 다음을 이야기하기 위한 것이어서. 어떤 식으로든 다음을 말하는 작가를 사랑하지 않을 도리란 없는 것이어서. 그다음이란 것이, 낙관으로 나아감이 아니라 멈추어 톺아보고 기어코 대면하는 것이기에. 나는 오래도록 해나매의 세계를 지켜보고, 응원하고 또 따라갈 거야. 그러니까, 해나매의 다음에서 만나.

더 잦아질 근사한 시간들을 고대하며 시현매가 여름에.

ㅇ
ㅁ

울
무

파수破水

조시현

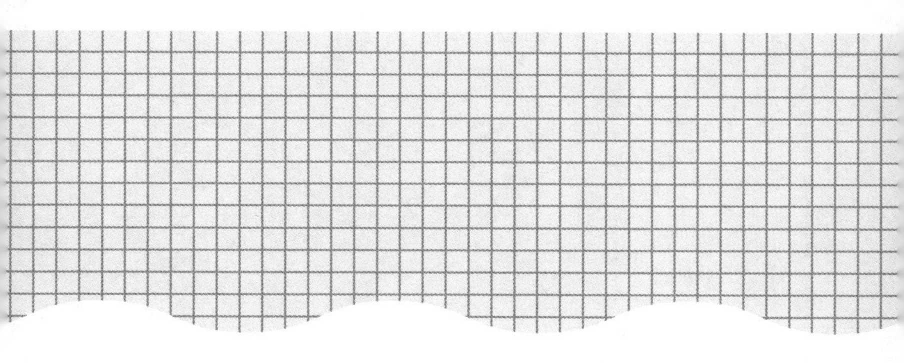

할머니가 왔어.

주머니에 손을 넣는 순간 알아챘다. 앞서 줄을 선 사람들이 차례로 버스에 오르는 걸 따라 주춤주춤 걸음을 옮기며 안감을 뒤집었다. 아니나 다를까 아주 작은 구멍이 나 있었다. 시간을 보니 집에 다녀오면 지각을 할 게 분명했다. 유난하게 굴고 싶지는 않았다. 반짇고리는 다른 가방에 있었다. 하나를 보면 열을 아는 거야. 엄마는 벌어지는 모든 일에는 이유가 있다고 입버릇처럼 말했다. 언제 있었는지 있기는 했었는지 기억도 나지 않는 사소한 사건들을 기막히게 한데 꿰어내 그럴싸한 서사를 만들어냈고, 그게 다 징조였다고, 이렇게 되리라는 것을 미리 알고 있었어야만 했다고, 대책 하나쯤은 마련해 두었어야 했다고 가족들을 들볶았다. 모든 것이 징조로 이루어진 삶. 하나가 무너지면 다 무너지는 거야. 나는 반쯤은 상상력에 감탄하면서, 반쯤은 피곤한 마음으로 그 얘기를 흘려들었다. 쌓아 올리는 종류의 것으로 삶을 이해하는 사람이었다. 그러면서도 설계도는 가지고 있지 않은 사람. 무엇을 쌓는지도 모르면서 뭐든 어떻게든 해보려 애쓰다 규칙을 잘못 이해했다는 것을 뒤늦게 알아채는 사람. 엄마의 식대로라면 엄마는 하룻밤의 방심으로 내가 생길 거라는 걸 미리 알고 있었어야 했다. 그 때문에 이혼을 망설이다 둘째가 생기리라는 것도, 그런 식으로 늘어난 식구를 받아들이고 살아야 될 거라는 것도, 악령처럼 주기적으로 집집마다 옮겨 붙어가며 늙어가게 되리라는 것도, 그러다 전세사기를 당하리라는 것도, 나한테 아쉬운 소리를 해가며 돈을 빌려야 한다는 것도, 심지어는 급식실에서 하루 종일 증기를 쬐며 일하다 폐에 구멍이 뚫려 오랫동안 병원 신세를 지게 되리라는 것까지도 전부 미리 알아채고 대책을 잘 마련해 두었어야 했을 것이다. 엄마의 징조들에 의하면 엄마의 삶은 오래전 이미 망했으며 더 큰 망함 쪽을 향해가고 있었다. 예감하여 예민해지면서도, 엄마는 무엇도 예방하지 못했다.

그래, 그놈의 징조. 어젯밤 일부터 짚어볼 필요가 있었다. 주말 밤이면 자꾸 뭔가를 손해 보고 있다는 생각에 쉽사리 잠들 수 없었다. 의식하지 못한 사이 무언가 거듭 새어 나가고 있었으며 알아챈 이상 어떻게든 당장 수습하지 않으면 순식간에 다 끝장나고 말 거라는 생각에 주말 내내 시달리다 12시가 넘어가자 급속도로 우울해졌다. 일요일 밤이면 어김없이 그런 식이었다. 한참을 뒤척거리다 결국 포기하고 유튜브를 틀었다. 죽음의 소용돌이라는 제목을 보고 들어갔다가 개미 떼가 새까맣게 원을 그리며 빙글빙글 돌아가는 영상을 3분 동안 봤다. 앤트밀이라는 현상인데 앞서가던 개미들이 갑자기 방향을 틀면 페로몬을 따라가던 중간에 있던 놈들이 뒤따라오는 개미들의 페로몬을 앞선 것으로 착각하고 원을 그리면서 돌게 된다는 설명이 붉은 글씨로 이어졌다. 지쳐 죽거나 굶어 죽을 때까지 영원히 도는 거라고. 새로운 곳으로 가고 있다고 믿으면서 죽을 때까지 빙글빙글 돌게 된다고. 눈을 감았더니 인터넷 로딩 창 같은 회색 동그라미가 눈앞에서 빙글빙글 돌았다. 태양 같은데 아니 난자인가 안 되는데 큰일났다 내일 완전히 망했구나 생각하다 눈을 뜨니 아침이었다. 첫 알람이 울리기 5분 전이어서 좋은 건지 나쁜 건지 결정할 수 없었다. 옷을 벗어 변기 뚜껑 위에 올려두고 샤워기를 틀었다. 수압이 약해 힘없이 흘러내리는 물에 머리가 젖어들며 해조류처럼 느물거렸다. 실오라기처럼 풀려나간 피가 물과 섞여 하수구로 빙글빙글 빨려들어 갔다. 어제부터 체온이 높고 아랫배가 뭉근하다 싶더니 생리가 시작된 모양이었다. 앱으로 날짜를 기록하고 있었지만 주기가 맞은 적은 한 번도 없었다. 생리 자체보다 애초에 주기라고도 부를 수 없어 어긋났다고 할 수도 없는 이 습격이 더 불쾌했고, 예측할 수 없는 상황에 시도 때도 없이 피가 밀려 나와 끝날 때까지 통제 불능 상태에 놓여 있다는 감각은 늘 당혹스러웠다. 돌발 상황이나 예외 같은 말을 좋아하지 않았지만, 그런 상황은 대체로 선호나 선택에서 먼 거리에 있었다. 핏기가 섞인 거품 뭉텅이가 하수구 언저리에 맺혀 마치 안쪽에서부터 부글거리며 끓고 있는 것처럼 보였다. 오래전, 목욕탕에서 엄마는 꼭 저렇게 생긴 하수구 위에 나를 엎드리게 했다. 강한 압력으로 물이 뿜어져 나오는 토출구에 배를 대고 있으면 물에 뜨는 법을 쉽게 배울 수 있다고 했다. 그게 생존수영이야. 그런 게 생존율을 높여준다고. 그 순간 구멍은 매우 거칠게 나를 빨아들였다. 아주 무식하기가 그지없는 짓이었어요. 일본에서는, 예? 흡수구에 빨려들어 가 죽은 애도 있어요. 의사는 탈장을 경고하며 엄마에게 무안을 주었다. 그해 봄 나는 배에 동그랗고 커다란 멍을 달고 다녔고 비슷한 위치에 비슷한 색깔의 무늬가 있는 캐릭터 이름을 별명으로 얻었다. 그날 일을 입 밖으로 내지 않았지만 나는 사실 엄마가 실수인 척 나를 흘려보내려 했다는 것을 알고 있었다. 머리를 숙인 채로 눈을 부릅뜨고 있던 탓인지 가벼운 현기증이 일었다. 중심을 잡느라 비틀거리다 눈에 샴푸가 들어가 조금 울었다. 나쁜 쪽이구나. 그 순간 알아챘는데. 그때부터 정신을 바짝 차렸어야 했는데. 지금이라도 갈아입고 오는 게 나을까 고민하다 뒷사람에게 떠밀려 버스에 올랐다. 줄이 뒤로 길게 늘어진 걸 보고 반사적으로 카드를 꺼내 찍었다. 손끝에는 보풀의 감촉이 오랫동안 남아 있었다. 의자 위로 삐죽삐죽 솟아오른 사람들의 뒤통수가 햇빛에 젖어 반질거렸다. 아지랑이 때문인지 도시 전체가 노란 위액에 녹아가는 것처럼 보였다. 높낮이가 제각각인 건물들은 치열이 잘 맞물리지 않는 이빨 같았다. 어디에서 이런 구멍이 생긴 걸까. 손톱도 잘 깎았고 올이 풀릴 것 같으면 미리 매듭을 지어 잘라냈는데.

창밖에서도 사람들은 버스와 같은 방향으로 부지런히 걸었다. 저들은 다시 같은 시간에 왔던 길을 되짚어 돌아갈 것이다. 일제히 같은 방향으로. 장소랄 것도 없이. 어디에도 머물지 못하고 진자운동을 하듯이. 가만히 보고 있자면 사람들이 걷는 방식은 제각각 달랐다. 걸음걸이를 보면 그 사람의 중심축을 가늠할 수 있었다. 무게 중심은 단순히 겉으로 봐서는 알 수 없는 것으로 내부를 상상해야 했다. 입으로 시작해 항문으로 끝나는 기다란 관. 양쪽의 구멍이 팽팽하게 잡아당겨 주기 때문에 사람은 중심을 잡고 걸을 수 있는 것이다. 나는 걸음걸이를 보고 나와 중심축이 비슷한 사람들을 골라냈다. 할머니의 구멍은 중심축이 남들보다 한 뼘쯤 위에 있었다. 그렇게 먹어댔던 것도 균형을 잡기 위해서였을 것이다. 조금이라도 가라앉아 보려고. 엄마는 오랫동안 그냥 들뜬 채로 살기를 선택했다. 나는 똑같은 방식으로 걷지 않기 위해 아주 오랜 시간 노력했다.

회사의 분위기는 어수선했다. 월요일이면 으레 그랬지만 평소보다 더 부산한 느낌이어서 나는 주변을 살피며 자리에 앉았다.

윤진 씨, 대박이야. 그제 여기서 사람 죽었대요.

아름 씨가 내 쪽으로 몸을 기울였다. 그러고는 낮고 빠른 목소리로, 건물을 담당하는 청소 아줌마가 주말에 우리 층 화장실에서 죽은 채로 발견되었다고 운을 뗐다. 외상이 없고 사망 원인은 제대로 밝혀지지 않았으며 사망 추정 시간은 새벽 6시, 앞뒤 정황이나 CCTV상 사고사일 확률이 높지만 자살도 배제할 수 없고 아주 드물게 계획범죄일 수도 있다는 얘기를 그녀는 흥분에 찬 얼굴로 와르르 쏟아냈다. 눈알의 실핏줄이 죄다 터져 있었다고 그녀가 음산하게 덧붙였다. 흥미 본위로 편집된 이야기라고 생각하면서도 나는 고개를 끄덕였다.

아까 과장님이 하는 얘기 들었는데 변기에 머리 박고 물을 내리면 그렇게 된대요.

누가 그런 짓을 해요?

그러니까요. 경우에 따라서 이게 진짜 끔찍한 사건일 수 있다는 거잖아. 뭘까? 왜일까?

아름 씨는 진짜 끔찍한 쪽에 강세를 주었다. 사무실에는 신경질적이면서도 미묘하게 흥분된 기류가 감돌고 있었다. 사람들은 칸막이를 사이에 두고 무언가를 쉬지 않고 떠들어댔다. 무심코 주머니에 손을 넣었다. 아까보다 조금 더 커진 테두리가 손가락을 조였다. 그 순간 본능적으로 알아챘다. 물이 나선을 그리며 빨려들어 가는 하얀 테두리와 깊이를 알 수 없는 점막질의 검고 깊은 구멍. 사고가 아니었을 거라는 말이 입 밖으로 튀어 나갈 뻔했다. 무엇도 결코 밖으로 내보내지 않는 그 구멍은 끊임없이 근육을 풀었다 조이며 자신의 안으로 들어온 것을 주물렀을 것이다. 안으로, 안으로 더 깊이 빨아들였을 것이다. 아줌마를 먹어치운 것이다.

혹시 반짇고리…….

반짇고리요? 실 뭐 그런 거 찾아요? 왜요?

아름 씨의 눈이 동그래졌다.

하여간 유난해.

안쪽에 있던 누군가가 말했다. 금요일부터 연차를 껴서 제주도에 다녀왔다는 대리가 이런 분위기에 주는 게 맞는지 모르겠다며 탕비실에 간식을 넣어두겠다고 했다. 와, 그거 나 진짜 좋아하는 건데. 감귤, 녹차가 적힌 알록달록한 박스를 보고 아름 씨가 탄성을 흘렸다.

윤진 씨는 그 아줌마 얼굴 기억해요?

그분 아니에요? 단발머리에 통통하시고 여기에 점 있는.

뒤쪽에 앉아 있던 주임이 끼어들며 자신의 오른쪽 턱 아래를 검지로 콕 찍었다.

어머, 아니야. 그분은 이 아래 김밥집 아주머니구요.

회사에 아줌마의 얼굴을 아는 사람은 거의 없었다. 나 역시 아줌마와는 안면이 있다고도, 없다고도 말하기 어려웠다. 사무실은 늘 어느새 깨끗해져 있었다. 키가 작고 깡마르고 얼굴이 까무잡잡한 아줌마는 파란 유니폼을 입고 자기 키보다 큰 대걸레와 바퀴가 달린 커다란 청소기를 든 채 사무실과 복도, 화장실을 돌아다녔는데 새벽 시간에 출근한다고 들었으니 내가 본 게 정말 그 아줌마인지 다른 사람인지 여기가 아닌 다른 건물에서 본 사람인지 그냥 익숙한 이미지를 본 거라고 믿을 뿐인지도 부정확했다. 딱 한 번, 화장실에 갔다가 라디에이터 위에 걸터앉아 노란 통에 담긴 도시락을 먹고 있는 어떤 아줌마를 정면으로 마주친 적은 있었다. 돌아 나갈 수도 없고 인사를 해야 하나, 그냥 지나가면 무시한다고 생각하지 않을까, 그런데 아는 척을 해도 되나, 얼마간 난처한 생각을 하고 있는데 숟가락만 가지고 이것저것 떠서 먹던 아줌마가 놀란 얼굴로 자리에서 일어났다. 도시락통이 떨어지면서 파란 타일 위로 음식물이 흩어졌다. 나는 연신 사과하며 흩어진 반찬을 휴지로 모았다. 아줌마의 붉어진 얼굴이 못내 마음에 걸려 편의점에서 샌드위치를 사서 올라갔을 때 이미 자리는 비어 있었다. 무언가를 빼앗은 기분이어서 마음이 불편했고, 그 빼앗음을 떠넘김당한 것 같아 언짢았다가 업무에 치여 잊어버린 기억이었다.

대표가 들어오자 사무실이 조용해졌다. 주말 내내 이리저리 불려 다녔다는 그는 수염도 깎지 않은 채 몹시 피곤한 표정으로 구겨진 옷을 펴기 위해 애쓰는 중이었다. 그는 지금 사건이 딱 스토리텔링하기 좋은 일이니 기자들이 찾아와도 절대 불필요한 이야기를 하지 말라고 운을 뗐다.

혹시 여기 아줌마한테 나쁜 말 한 사람 있으면 손 좀 들어 봐요.

사람들이 눈을 굴렸다. 그는 이거 보라며 마주칠 일도 없는데 원한은 무슨 원한이냐고 벌컥 화를 냈다. 거의 종결되긴 했지만 나중에라도 경찰이 사건과 관련해 청취를 요구할 수도 있음을 전하며 그는 회사 이미지, 입장 바꿔서, 삼가 조의, 원한 등등의 몇 가지의 단어로 자신의 답답한 심정을 토로했다. 그간 일 처리가 꼼꼼해서 믿고 맡겼는데 대체 무슨 억하심정이 있어서 하필 우리 층에서 이런 일을 저지른 건지 모르겠다고도 했다. 뱃구레가 크고 술자리가 무르익으면 한때 대학에서 풍물패에 있었다는 얘기를 자랑스럽게 떠들어대곤 하는 그는 오늘따라 오래 쫓긴 짐승처럼 무기력하고 지쳐 보였다.

소풍 온 것도 아니고 뭐 좋은 게 있다고 들떴어요. 쓸데없는 얘기들 그만하시고 내일까지만 구역 나눠서 실내 청소랑 화장실 쓰레기통 부탁드리겠습니다. 이따 퇴근하면 다 같이 장례식장 갈 거고요. 지금 회사도 입장이 참 애매합니다. 부조를 해야 되는데. 3만 원씩 걷을까요? 어이, 이럴 땐 얼마나 해야 되지?

대표는 구겨진 옷을 손으로 거푸 다림질하며 실장에게 물었다. 약지에 낀 굵은 금반지가 시뻘게진 얼굴과 대조되어 유달리 투박해 보였다. 몇 마디 오간 끝에 일단은 3만 원씩 걷고 대표가 얼마간 더 성의 표시를 하겠다는 결론이 났다. 퇴근 후 생긴 일정에 사람들이 한숨을 삼켰다. 분위기가 다시 어수선해졌다.

윤진 씨, 자기가 화장실 좀 해줘?

청소 구역을 분배하던 팀장이 나를 불렀다. 아름 씨가 내 쪽을 보며 눈을 굴렸다. 팀장이 나를 뺀 술자리에서 몹시 취해서는 나를 두고 주는 거 없이 미운 사람이라고 표현했다는 것을 전해준 것도 아름 씨였다. 먹는 게 꼴 보기 싫으면 끝난 거라나 뭐라나. 자긴 뭐 엄청 예쁘게 먹는 줄 아나 봐. 아름 씨는 치졸하다고 화를 냈지만 나는 결국 들켰다는 것을 알았다. 아무리 조심해도 가끔 그런 식으로 알아보는 사람들이 있었다. 내 피에 흐르는 할머니의 함량 같은 것을.

항시 흠잡을 곳 없이 행실을 단정하게 해야 한다. 여자애들은 특히 더 그래야 돼. 하나를 보면 열을 아는 법이야. 너는 체질이 그러니까 더 조심해야 돼. 엄마는 틈만 나면 내 손을 붙들고 말했다. 뻣뻣하게 마른 몸 어디에서 그런 힘이 나오는 건지 알 수 없었다. 엄마는 여자가 50킬로가 넘으면 안 된다는 말로 내 식욕을 통제하곤 했다. 그 말을 들을 때마다 나는 다스려지지 않는 내 안의 무엇을 느꼈다. 꼭 길들여야 하는 짐승이 된 기분이었다. 나는 그걸 할머니라고 불렀다. 엄마는 숨 쉬는 게 힘들어지고 나서도 그런 말을 했다. 잘 먹어야 낫는다는 말에도 엄마는 평소의 식사량을 고집했다. 체질. 물려받아 버린 것. 세포에 어느 정도 내재된 것. 아예 뜯어낼 수는 없으니 내 안에 흐르는 할머니의 비율을 적당하게 조절할 필요가 있었다.

어우, 오늘 화장실 깨끗하게 써야겠네.

과장이 나를 돌아보며 윙크를 했다. 과장의 책상에는 빈 과자 봉지와 커피잔, 사무용품들이 지저분하게 널브러져 있었다. 자꾸 긁어서 그런 건지 주머니 속으로 검지가 반쯤 들어갔다. 구멍은 흡착기관처럼 피부 위로 집요하게 달라붙었다. 어둠에 젖은 것처럼 손가락 끝이 축축해졌다.

딸만 하나래. 중학생이라던데.

어머 어떡해. 지금도 시험 기간 아녜요?

애만 가엾게 됐네요.

사람들은 어디서 왔을지 모를 말들을 소곤거리다 이내 업무로 돌아갔다. 으적, 으적. 키보드 소리는 마치 입안 가득 크래커를 물고 씹는 것처럼 들렸다. 침을 삼키자 꿀꺽, 하는 소리가 귓가에 크게 울렸다.

건물이 툭툭 뱉어내는 것처럼 사람들은 여기저기서 튀어 나왔다. 오늘은 밤늦게까지 무리를 해야 하니 점심에는 다 같이 속 든든하게 뜨끈한 걸 먹자는 부장의 말에 근처의 순대국밥집으로 향했다. 사람들은 핏줄처럼 퍼진 골목을 능숙하게 헤집었다. 저긴 그새 망했나 봐. 옆 가게에 먹혔네. 누군가 건물 사이를 손가락질했다. 아름 씨가 바짝 붙어 오더니 진짜 싫다고 속삭였다. 부장님은 깍두기 국물을 그냥 부어 먹어요. 저번에는 묻지도 않고 내 그릇에 붓더라니깐. 나 진짜 비위 상해. 집에서 애들이 그런 얘기 안 해줄까요? 나는 어색하게 미소 지었다. 사람들이 타인의 먹는 모습을 그토록 유심하게 관찰하고 있다는 사실이 두려웠다.

그 사람 너무 쩝쩝거려. 어머, 내장 못 먹어요? 진짜 맛있는 걸 못 먹네. 딱 한 번만 먹어봐요. 대리님 먹을 때 입 모양 진짜 옹졸해져요. 거 여자애가 엄청 먹네. 소주랑 같이 먹음 진짜 맛있는데. 젓가락 되게 희한하게 잡더라고요. 사람들은 끊임없이 무언가를 입으로 가져갔고 멈추지 않고 씹었으며 쉬지 않고 말했다. 이를 환하게 드러내며, 부수고 으깨면서 서로의 식습관을 살폈다. 그리고 먹는 방식을 보고 동류인지 아닌지를 판단했다. 추한 모습을 나누면서 유대감을 느끼는 걸까. 식사란 모두가 공범자임을 확인하는 과정인지도 몰랐다. 어머, 윤진 씨는 왜 그렇게 못 먹어? 고기 안 먹는구나. 다이어트해? 밥을 되게 느리게 먹는 편인가 봐요. 나물 잘 먹네.

그런 말을 들을 때마다 나는 시커멓고 깊은 목구멍을 타고 내려가는 덩어리들을 선연하게 느끼며, 구역질도 함께 삼켰다. 배가 차면 세포가 늘어날 것이고, 그만큼 할머니의 부분도 커질 것이다. 나는 종종 포만감을 견디지 못하고 화장실로 달려가 목구멍에 손을 쑤셔 넣고 전부 토했다. 다이어트 한번 요란하게 한다고 사람들은 불쾌해하거나 비웃었다.

필요 이상으로 먹지 않고 정신을 바짝 차려 균형을 잡는 것. 그건 내게는 곧 인간의 내용과 형식을 지키라는 주문과도 같았다. 한번 시작하면 멈추지 못하리라는 것을 알았다. 고삐가 풀린 것처럼 모든 것을 먹어치우게 될 것이다. 짐승처럼 아귀처럼. 내가 만들어내는 것 이상으로. 염치도 없이. 오래전, 할머니가 그랬던 것처럼. 이래 놓고 집 가서 비빔밥 한 바가지 먹는 거 아니죠? 팀장은 나에게 유난을 떤다고 했다. 나는 분위기를 맞추기 위해 웃었다. 식사 시간이면 팀장의 시선은 더 집요해졌고 말에는 뼈가 실렸다.

윤진 씨, 얼굴 엄청 창백한데. 또 어디 아파요?

아름 씨가 옆구리를 툭툭 쳤다. 나는 웃으며 고개를 저었다. 자리를 잡고 앉자 부장이 인원수대로 순대국밥을 시켰다. 아름 씨가 수저를 돌리고 내가 물을 따랐다. 아줌마가 기본 찬을 먼저 내주자 몇몇 사람이 침 묻은 젓가락으로 그릇을 뒤적였다. 옆자리에 앉은 남자애는 핸드폰을 앞에 두고 열심히 먹어대는 중이었다. 테이블에 각종 내장이 담긴 접시가 산처럼 쌓여 있었다. 사람들은 안 보는 척 남자애를 흘끔거렸다. 한동안 열심히 먹던 남자애가 갑자기 카메라를 끄더니 테이블 바로 아래 놓여 있던 쓰레기통에 토하기 시작했다. 방금까지 씹어 삼키던 음식이 폭포처럼 쏟아졌다. 사람들이 쳐다보자 남자애가 냅킨으로 입가를 찍어 닦으며 화장실로 들어갔다.

먹뱉이다, 먹뱉.

그게 뭐냐고 묻는 팀장에게 아름 씨가 먹고 뱉는 것의 줄임말이라고 알려주었다.

아니, 돈 주고 먹은 걸 왜 뱉어?

에이, 사람이 저걸 다 어떻게 먹어요.

먹지도 못할 걸 돈 주고 시켜?

요샌 다이어트도 저렇게 한대요.

저거 봐, 저거. 저러니까 애들이 자꾸 공부 안 하고 유튜브 찍겠다고 헛소리하잖아. 먹는 건 쉬운 줄 알어. 요즘 저거 진짜 문제 아네요?

부장은 굳이 목소리를 낮추지 않고 말했다. 부장의 요즘 가장 큰 걱정은 유튜브를 찍을 거라고 공부에서 손을 놨다는 아들이었다.

무식하게도 먹네. 공부 뒤지게 못했겠죠?

대리가 고개를 끄덕이며 맞장구쳤다. 화제는 건강식품과 영양제에 대한 이야기로 넘어갔다. 적당히 흘려듣고 있자니 곧 음식이 나왔다. 아름 씨가 내 국에서 순대를 건져갔다. 남자애는 한참 만에야 턱이 퉁퉁 부은 채로 눈가가 벌게져서 나타났다. 팀장과 시선이 마주쳤다. 나는 입 모양을 신경 쓰면서 수저를 들었다. 저런 얼굴을 나는 알고 있었다.

할머니는 대식가였다. 홀몸으로 상경해 소머리국밥집을 차려 오 남매를 키워냈다는 할머니의 몸에는 늘 누린내가 배어 있었다. 할머니는 맨손으로 자르고 썰고 뜯고 튀기고 부수고 찍고 뚝뚝 흘리며 왕성하게 움직였고 많이 먹었다. 선후관계는 알 수 없었지만 아무거나 끊임없이 먹었다. 먹고사는 일이 징그럽다, 징그러워. 중얼거리면서도 먹어치웠다. 가게를 처분하고 집에 들어앉은 뒤에는 오로지 먹기만 했다. 무언가를 잔뜩 했으니 이젠 먹을 차례라는 듯이. 딱히 맛을 느끼는 것 같진 않았다. 모든 기능이 끝난 채, 이제 자신의 쓸모와 목적은 오직 먹는 일에 있는 것처럼 그저 씹고 삼키는 일만을 반복했다.

할머니는 숟가락만을 이용해서 밥과 반찬을 먹었고, 가끔 그것들은 옷에 떨어져 얼룩을 남겼다. 슬그머니 숟가락을 내려놓으면 할머니는 반도 넘게 차 있는 내 밥그릇을 힐끔 넘겨보고는 묵묵히 하던 일을 계속했다. 그건 힘을 내서 정성껏 살아가는 것이라기보다는 그저 살아 있으므로 살아 있음의 상태를 유지하는 것에 가까웠다. 그런 식으로 영원히 살 것 같았다. 굴 같은 방에 할머니의 숨소리가 고였다. 짐승처럼 안방과 부엌을 어슬렁거리는 할머니를 피해 나는 학교에 갔고 독서실에 갔다. 침대에 누워 있는 할머니를 보고 있으면 모랫바닥에 숨어서, 발광하는 더듬이를 느리게 움직이는 심해어가 떠올랐다. 바위 사이에서 입을 벌린 채 숨죽여 먹이를 기다리는 포식자들. 엄밀한 의미에서 할머니는 포식자가 될 수 없는 사람이었고, 때문에 그 섭식은 두렵다기보다 징그러웠다. 살이 흘러내릴 때마다 나 역시 흘러내릴 것만 같았다. 조금만 균형을 잃어도 형체를 잃은 채 살 뭉텅이가 되어버릴 것이다. 엄마는 일하는 시간을 늘렸고 점점 말라갔다. 이건 완전 밑 빠진 독에 물 붓기야. 엄마가 통화하는 소리를 문밖에서 훔쳐 들으며 나는 다리에 힘을 주었다. 이미 할머니와 비슷한 방식으로 걷는다는 것을 알고 있었다. 사람들은 나에게 할머니를 닮았다고 했다. 유전자가 무섭다고. 어머니가 하던 것을 그대로 한다고. 그때 할머니의 모습이 내 미래의 모습이라는 걸 알았다. 하수구처럼, 채워 넣어도 새어 나가기만 하는 텅 빈 몸. 나는 저렇게 자라고 저렇게 늙을 것이다. 내 안의 할머니를 평생 통제하는 수밖에 없었다. 식욕을 통제하려던 엄마의 말도 거기서 비롯된 것일 게 분명했다.

할머니의 죽음은 음식 냄새로 선명해졌다. 강박적으로 몸을 가꾸던 엄마는 장례식 내내 할머니의 분량을 채우려는 것처럼 먹어댔다. 엄마는 늙어가고 있었다. 무게가 아주 많이 덜어진 집은 왠지 가볍게 느껴졌다. 적요 속에 앉아 있던 나는 갑작스러운 허기를 느꼈다. 냉장고를 열자 뒤섞인 음식물

냄새가 쏟아졌다. 불도 켜지 않고 반찬통 몇 개를 꺼내 뚜껑을 전부 열었다. 색이 죽은 재료들은 이미 흐물흐물해져 원래 무엇이었는지 형태가 어땠는지 알아볼 수 없었다. 냄새를 맡자 강한 허기가 느껴지는 동시에 구역질이 올라왔다. 반찬통을 내던지고 화장실로 달려갔다. 위에서는 노란 쓸개즙만 나왔다. 목구멍이 쓰라렸지만 식욕은 사라지지 않았다. 구역질을 하며 거실로 기어 나가 바닥에 떨어진 김치와 김칫국물에 흥건하게 젖은 멸치 조각을 주워 먹으며 나는 누구를 향한 것인지 모를 살의를 느꼈다.

아까 아침에 들었는데 옆 건물 피시방 알바 중에는 집 가다가 맨홀에 빠져서 행방불명된 사람도 있대요.

부장이 순댓국에 깍두기 국물을 부었다. 시뻘게지는 국물을 보더니 아름 씨가 오전의 이야기를 끌어왔다.

세상에 참 별일이 다 있어.

하다 하다 맨홀까지 조심해야 돼?

태풍 땐 진짜 조심해야 돼요. 버스 바닥도 뚫는데요, 왜.

발밑으로 새까만 것이 굴러가고 있었다. 먼지인 줄 알았으나 작은 거미였다. 신발 끝으로 그것을 꾹 눌렀다가 잠시 뒤 휴지로 닦아내었다.

귓가에 축축한 숨이 느껴졌다. 소스라치며 귀를 움켜쥔 채 주변을 둘러보자 아름 씨가 무슨 일이냐고 물었다. 인적이 드문 골목길을 유심히 살펴보다 고개를 저었다. 앞에서 교복 입은 애들이 가로로 늘어서 도로를 다 차지하고 걷는 바람에 우리의 걸음도 자연히 늦춰지고 있었다. 뒤에서 누가 오든지 말든지 헤드록을 걸거나 다리를 차며 장난을 치던 그 애들은 우리 회사 건물을 가리키며 낄낄거렸다. 시험 좆망. 인생 좆망한 듯. 너도 청소부나 해라. 그럴 거면 학원 왜 다니냐. 죽는 게 더 낫지. 응 자살. 응 니 인생. 응 니네 엄마. 부장이 내 아들도 저러고 다닐까 봐 겁난다며 한숨을 내쉬었다. 억지로 밥을 먹은 탓인지 속이 메슥거렸다. 학원 건물의 회전문이 애들을 쏙쏙 빨아 먹었다. 그제야 우리는 걸음에 속도를 붙였다.

사무실 앞에서 조용히 갈라져 화장실로 들어왔다. 내부는 며칠 사이 누가 죽었다고는 짐작하기 어려울 정도로 환하고 깨끗했다. 아무것도 알지 못하는데 이미 종결된 사건이라니. 하루만 청소가 되지 않아도 금세 더러워지는데, 아줌마는 죽기 전까지도 화장실을 쓸고 닦았던 것일까. 아줌마가 발견된 건 어느 칸일까.

망설이다 가장 안쪽 칸으로 들어가 바지를 내렸다. 생리 피가 물 위로 뚝뚝 떨어지며 리을 모양으로 번져나갔다. 꿀꺽. 침을 삼키는 소리가 너무 커서 안에서 들리는 건지 밖에서 들리는 건지 구분할 수 없었다. 온몸이 점액질로 축축하게 젖어 들어가는 것 같았다. 구멍의 입구. 무언가가 저 깊은 곳에서 노란 불을 켜고 입을 벌린 채로 숨죽여 기다리고 있는 게 아닐까. 사냥할 때는 피 흘리는 것을 먼저 잡는다는데. 피를 찾고 있는데 피를 흘려보내다니. 화들짝 놀라 재빨리 뚜껑을 내리고 바닥에 쪼그려 앉았다. 생리대를 가는 동안 엉덩이로 휑한 공기가 느껴졌다. 그대로 오줌을 누자 파란색 타일 틈새로 샛노랗고 약간 붉은 오줌이 스며들어 흘러내렸다. 줄눈을 따라 오줌은 여러 갈래로 나뉘어 새어 나갔다. 갑작스럽게 문이 열리며 팀장과 대리의 목소리가 들려와 나도 모르게 숨을 참았다.

지금 저기 물 새는 거 아냐?

나는 벽을 짚은 채 귀를 기울였다.

어머, 물까지 새요? 대표님 얼굴 볼만하겠네.

이참에 하루만 딱 쉬면 너무 좋겠다.

아니 근데 솔직히 우리 다 가는 건 오버 아니에요?

기사 나올까 봐 그러는 거지. 요새 민감하잖아, 그런 이슈는.

안되기야 했지만 애도도 진심 어린 마음에서 나오는 거 아니냐구요. 전 그 아줌마 본 적도 없는데.

그들은 한참 동안 아줌마의 보험금과 사인에 대해 떠들더니 양치를 시작했다. 나갈 때까지 기다렸다가, 조용해지고 나서야 바지를 올렸다. 저릿한 허벅지를 두드리는 순간 등 뒤로 뭔가를 빨아들이는 듯 거대한 소리가 들렸다. 트림이라도 하는 거야 뭐야, 생각하기 무섭게 변기 뚜껑이 폭발하듯 열리더니 안에 있던 것들이 튀어나오기 시작했다. 꼭 피 맛을 봐서 흥분하기라도 한 것처럼. 문에 등을 바싹 붙이고 소리를 지르지 않기 위해 입가를 꽉 눌렀다. 처음에는 물이 역류하는가 싶더니 곧 화산이 터지듯 배설물이 후드둑 쏟아져 나왔다. 거기엔 풀어지다 만 휴지나 끝을 묶은 콘돔 같은 잡다한 쓰레기들도 있었지만 어째서 변기에서 나오는 건지 이해하지 못할 것들도 섞여 있었다. 작은 물고기 시체, 바나나 껍질, 건전지, 틀니, 반지, 빨대, 약봉지, 성적표, 구두, 머리핀, 책. 건물이 삼킨 것. 도시가 삼킨 것. 엉망이 된 바닥을 멍하니 둘러보는데, 있어서는 안 될 것이 눈에 들어왔다. 둥글게 몸을 만 것 같은 모양새로 파랗게 팅팅 불어 있는 그건, 그러니까, 귀였다. 그러니까, 사람의 귀. 등 뒤로 식은땀이 흘렀다. 심호흡을 하고 조심스레 그것을 쥐어보았다. 무척 차갑고 물렁물렁했으며 절단면은 깔끔했다. 마치 의도적으로 잘라낸 것처럼. 미끼처럼. 왜 하필 귀가 여기에. 그러나 가까이서 다시 보니 그건 그냥 음식물쓰레기나 젖어서 뭉쳐진 종이 같기도 했다. 얼른 다시 넣어버리려고 했지만 아직 변기는 미친 듯이 넘치는 중이었다.

변기는 쉴 새 없이 무언가를 토해냈다. 옆자리에 앉아 돼지 내장을 게워내던 남자애처럼. 도시 바닥에는 얼마나 많은 비밀이 흐르고 있는 것일까. 도저히 참지 못하고 터져버릴 만큼이나. 발밑으로 아득한 어둠이 느껴졌다. 방심한 채 그 어둠 속으로 흘러든 내 피가 실오라기처럼 풀려나갔다. 저 아래, 먼저 새어 나간 할머니가, 발밑의 어둠과 한 덩어리가 되어 입을 벌리고 기다리고 있을지도 몰랐다. 피와 살점. 발밑에서 흐르는, 금방이라도 폭발할 수 있는, 아슬아슬한 비밀들. 저 아래 깊은 곳에서 끓고 있는 것들. 거듭 내려가는 변기 물.

윤진 씨, 여기 있어요?

문밖에서 들려온 아름 씨의 목소리에 나도 모르게 쥐고 있던 것을 입에 넣고 삼켜버렸다. 왜 그런 짓을 한 건지 스스로도 이해할 수 없었다. 물컹거리는 감각과 함께 그것이 목구멍으로 넘어갔다. 어느새 변기는 역류를 멈춘 뒤였다. 마치 내가 그러기를 기다렸다는 것처럼. 아름 씨가 화장실 안쪽을 보고 비명을 질렀다. 도시가 나를 공범자로 만들었다는 것을 깨달았다. 배 안쪽에서 그것이 부글부글 끓어올랐다.

와, 변기가 폭발하다니. 액땜 제대로 하네요.

안을 들여다본 사람들은 코를 싸쥐고 신이 나서 떠들어댔다. 아름 씨가 도와주겠다며 자리에 남았다. 하여간 자긴 마음이 약해서. 팀장이 나가면서 아름 씨의 어깨를 두드렸다. 화장실을 쓸고 닦는 동안 아름 씨는 지저분하게 널브러진 것들을 들추며 즐거워했다.

근데 콘돔은 왜 나온 걸까요? 우리 건물엔 회사밖에 없는데? 진짜 사람들 음흉하기 짝이 없어.

신체의 다른 부위를 발견하게 될까 봐 조마조마했지만 다행히 그런 일은 벌어지지 않았다.

저, 아름 씨.

왜요?

아름 씨가 무구한 눈빛으로 돌아보았다. 말문이 막혔다. 저 사람을 먹었는데. 귀를 먹어버린 거 같은데. 그렇게 말해도 될까. 변기가 역류하면서 그런 걸 토해냈다고 말하면. 그러나 왜 삼켰냐고 묻는다면. 도저히 실수라고 할 수 없는 일인데.

혹시 나한테 피 냄새 나요?

네? 아뇨. 생리해요?

불안함으로 가슴이 빠르게 뛰었다.

나도 약 먹어야 되는데. 몇 시지?

대답하기도 전에 아름 씨가 중얼거리며 핸드폰을 열어 시간을 확인했다.

약이요?

아름 씨가 심드렁한 얼굴로 저번 생리가 늦어진 뒤로 남자친구와 마음고생을 크게 해서 피임약을 챙겨 먹기 시작했다는 사실을 알려주었다. 왜 일은 같이 치르는데 귀찮은 건 혼자 챙겨야 하는 건지 모르겠다고 투덜거리기도 했다. 나는 어색하게 웃었다.

윤진 씨는 연애 안 해요?

아, 네. 저는 그냥.

아니, 왜요?

아름 씨가 눈을 동그랗게 떴다. 나는 얼버무리듯 미소 지었다. 사람들은 단순한 질문 몇 가지로 규격 외를 쉽게 걸러냈다. 그냥 하고 싶지 않다는 말은 곧이곧대로 받아들여지는 대답이 아니었다. 그들은 소화하지 못할 음식을 일단 먹어보는 것처럼 진실을 알고 싶어 했고 감당하지 못할 땐 어떻게든 우스운 것으로 만들기 위해 애썼다. 걸음걸이가 비슷한 사람이라면 몇 명 만나본 적 있었다. 무게 추가 아래에 있다는 걸 들키지 않으려고 발끝에 힘을 주어 걷고 입술 끝을 당겨 웃는 사람들. 몇 번 만나다 보면 문득 이렇게 식구가 되는 거구나, 생각하게 됐다. 가족이 아닌 식구. 먹는 입. 함께 마주 앉아 밥을 먹는 사람. 그러면 그들보다 그들이 삼킨 것과 삼킬 것을 더 많이 생각하게 되었지만 그래도 그럭저럭 관계는 이어졌다. 분위기가 적당히 무르익으면 자연스럽게 알몸이 되었다. 그들은 나의 곳곳을 세심하게 만졌고 입술과 혀와 손이 지나간 자리는 뜨겁게 달아올랐다. 준비가 됐다고 생각했다. 그러나 성기가 내 안으로 짓쳐들어오는 순간이면 나는 어김없이 음식이 들어가는 할머니의 시커먼 입속을 떠올렸다. 잔뜩 으깨지고 부수어진 채, 검붉은 입구 속으로, 끈적하고 깊은 목구멍으로 빨려들어 가는 잔해들을. 그것은 언젠가 어둠 속에서 주워 먹었던, 김칫국물에 절여진 멸치 조각을 닮아 있었다. 나는 비명을 지르며 몸을 짓누른 어깨를 마구 밀어냈다.

단순히 통증 때문이라고 생각한 그들은 안심하라는 듯 뺨을 쓸며 나를 달랬다. 살짝 벌어진 입으로 그들은 내 숨까지 빨아들일 것처럼 깊게 숨을 들이마셨다. 벌어진 입 사이로 까마득한 어둠이 번졌다. 입부터 항문까지 연결된 기다란 관. 이미 죽은 것을 삼켜 속수무책으로 끝장내는 기관. 그건 구멍으로 시작해서 구멍으로 끝났다. 분위기는 순식간에 돌이킬 수 없게 되었다. 그 뒤로 몇 번 더 만났지만 그들은 내가 무슨 말을 해도 짓다 만 표정으로 웃기만 했다. 아무도 당황시키지 않을 버전의 이야기. 가끔 돌아오곤 하는 화두에 대한 적절한 대답을 나는 미리 마련해 두었다.

이제 나이도 있으니까. 아무나 만날 순 없잖아요.

그치, 결혼.

네. 해야 하니까.

아깝지 않아요?

뭐가요?

남자 친구는 나보고 난자를 얼리라던데.

아름 씨가 깔깔거리며 웃었다. 무례한 건지 친근한 건지 가늠할 수 없어 가끔 아름 씨의 말에는 적절하게 반응하기 어려웠다. 내 표정을 본 아름 씨가 팔뚝을 때리며 더 크게 웃었다.

윤진 씨는 태어날 때부터 평생 배란되는 난자 수가 정해져 있다는 거 알고 있었어요?

여전히 직장 동료가 할 만한 적절한 대화인지 모르겠다고 생각하며 고개를 저었다. 나에겐 몇 개가 있었는지, 이제 몇 개나 남았을지, 한 번에 다 해결해 버릴 수는 없는지 생각하는 순간 할머니가 왔다. 아무 데나 불쑥 고개를 들이미는 눈치 없는 노파처럼. 깊은 동공. 메워지지 않는 허기. 할머니와 포개진 채로 동시에 존재하는 찰나의 순간, 문득 알 것 같았다. 그 어둠. 거기서 태어날 때부터 이미 정해져서 나와 같이 자라온 무언가가 숨죽인 채로 나를 기다리고 있었다. 그런 방식으로 나 역시 엄마의, 다시 엄마가 될 무언가를 품은 할머니의 배 속에서 기다리고 있었을 것이고, 그런 식으로 생각한다면 이 모든 것이 시작될 때부터 하나인, 그러니까 아주 오래 묵은 끝나지 않은 무언가로서 여기에 있는 것이었다. 시간도 공간도 없는 채로. 모든 것이 시작될 때부터 어디에도 뿌리내리지 못하고 그저 둥둥 떠 있을 뿐인 나, 아니, 미래에도 나일 무언가, 아니, 할머니. 아름 씨의 얼굴이 어쩐지 몹시 익숙하게 느껴져 나는 한 걸음 뒤로 물러났다. 아주 오래전부터 함께해 왔던 어떤 여자의 얼굴을 보고 있는 기분이었다. 끝물이에요, 끝물. 혼자 신나게 지난 명절 친척들에게 시달린 이야기를 한참 늘어놓던 아름 씨는 갑자기 내 어깨를 두드리며 그래도 지금이 아니면 언제 즐기겠느냐고 해맑게 말했다. 정리하고 돌아와 자리에 앉자 배 속이 쿡쿡 쑤셨다. 이렇게까지 속이 좋지 않은 걸로 보아 아무래도 귀였다. 얼른 말해야 하지 않을까. 아니면 몸에서 빼내기라도. 아직은 소화가 안 됐을 테니까. 누가 왜 귀를 삼켰냐고 물으면 그땐 너무 놀라서 어쩔 수 없었다고 대답해야지. 의사도 의지도 아니었다고. 하지만 그게 어떤 사건의 증거였다면 어떡하지. 하지만 어떤 사건. 증거라고 생각하면 겁이 나지만, 그게 누구의 귀인지도 모르는데. 아마 아줌마와는 아무 상관이 없을 텐데. 나는 재빨리 사무실 사람들의 뒤통수를 훑었다. 인터넷 창을 열고 귀 실종이라고 적었다가 지웠다. 귀 실종이라니. 차라리 토막 살인 쪽이 나았다. 나만 입 다물면 아무도 모를 텐데. 무심코라도 어떻게 그런 짓을 저지를 수 있었을까. 아니, 그게 아니라. 사람이잖아. 나를 놀리는 것처럼 배 속이 꾸륵꾸륵 울렸다. 마치 귀를 소화시키는 중인 것처럼. 이렇게 녹아서 한 몸이 되어버린다면 다시는 돌이킬 수 없다고 경고하는 것처럼.

일순 발밑이 푹 꺼지는 것 같았다. 저 아래 깊은 곳. 빛도 들어오지 않는 어둠 그 안에 탯줄 같은 하수관들이 가늠할 수 없는 복잡한 방식으로 얽혀 있었다. 묵은 피들이 변기를 타고 그 아래로 고요히 흘러내려 갔다. 거기에 아직 무엇인지 알 수 없으나 무엇인 형태로 웅크린 어떤 것이 도시와 함께 몸피를 불려가고 있었다. 할머니로서. 나로서. 아니 그 이후의 것으로서. 가만히, 숨을 죽이고서. 무게중심. 입에서 항문. 그 끝에서 끝. 팽팽한 균형감에 숨이 막혔다. 사라져도 되는 사람들이 사라지는 도시. 보이지 않는 곳에 너무 많은 사람들이 있었다. 어떻게 사람들은 변기에 안심하고 엉덩이를 걸칠 수 있는 걸까. 발밑으로 뭐가 떠다니고 있을지 알 수도 없는데. 도시는 언제까지 숨길 수 있을까. 꾸역꾸역 차오르다 이렇게 터져버리는데. 지금도 저 아래 깊은 곳으로 흘러내려 가고 있을, 살점들. 도시가 내게 그것을 먹였다. 나의 배 속. 깊은 어둠. 그 안에서 귀의 올이 서서히 풀려가고 있었다. 녹아내리면서 나와 한 몸이 되어가고 있었다.

윤진 씨. 나 진짜 웃긴 생각 했다.

뭔데요?

이 세상에 있는 모든 변기가 동시에 폭발하면요. 진짜 장난 아니겠지?

늦은 시간 우리는 장례식장으로 향했다. 도시는 아무 일도 일어나고 있지 않음을 증명하듯, 빈틈없이 환했다. 대표는 손수건으로 이마에 번진 땀을 닦으며 간헐적으로 욕을 뱉었다.

장례식장은 한산했다. 신발장에 가까운 상에 남자 하나가 등을 보이고 앉아 있을 뿐이었다. 대표가 향불을 피웠고 단체로 묵념을 했다. 상복을 입은 단발머리 여자애가 덤덤한 얼굴로 서 있었다. 딸인가 봐. 누군가 속삭였다. 반쯤 고개를 들고, 아줌마의 영정 사진을 유심히 살폈다. 주머니의 구멍으로 손가락이 쑥 들어갔다. 그 순간 나는 기다란 빨대와 그 끝에 입술을 붙이고 힘껏 빨아들이는 거대한 입을 떠올렸다. 아무거나 가리지 않고 무섭게 집어삼키는 입을. 누군가 비틀거리는 순간을 절대 놓치지 않고 삼키는 탐욕스러운 목구멍을.

어느새 대표는 사람 좋은 얼굴이 되어 할머니의 손을 꼭 붙든 채 다정한 위로의 말을 줄줄 늘어놓고 있었다. 우리는 안내된 상에 몸을 다닥다닥 붙여 앉았다. 육개장과 쌀밥, 그리고 몇 가지의 반찬과 마른안주가 나왔다. 대표는 술을 부탁했다. 사람들이 공손하게 한 잔씩 술을 받았다. 고개를 돌리고 입만 살짝 대었다가 내려놓았다. 언제 왔는지 대표의 뒤편 상에 중학생 여자애가 앉아 있었다. 그 애는 고개를 푹 숙인 채 느릿느릿하게 밥을 떠먹는 중이었다. 불룩해진 볼을 끊임없이 움직이며 밥을 입으로 퍼 나르고 무표정한 얼굴로 꼭꼭 씹어댔다. 느린 속도였지만, 손길은 집요했다. 앞에 이미 빈 그릇이 어지럽게 널려 있었다. 할머니가 다가와 아이의 손에서 숟가락을 뺏었다. 왠지 모르게 초조해져, 주머니에 손을 집어넣었다. 구멍으로 손가락 두 개가 쏙 들어갔다. 발끝이 떠오르는 것처럼 현기증이 일었다. 팀장이 숟가락을 들다 말고 나를 흘끔 보았다. 앞에 놓인 육개장에는 큼지막한 건더기들과 새빨간 기름이 둥둥 떠 있었다. 사람들은 정신없이 먹고 마셨다. 대표는 연거푸 소주를 들이켰다. 여자애가 음식이 잔뜩 담긴 접시를 들고 맞은편에 앉은 사람들의 등 뒤로 지나갔다. 할머니의 눈치를 보는 건지 여자애는 신발을 신으면서도 곁눈질로 안쪽을 살폈다. 할머니가 대표가 부탁한 음식을 가지고 오는 사이, 그 애는 재빨리 밖으로 뛰쳐나갔다.

윤진 씨, 또 다이어트해?

어째 제대로 먹는 꼴을 못 보지? 원래 밥 먹는 정이 제일 끈끈한 건데.

팀장이 불쑥 묻자 대리가 거들었다. 그녀가 입을 벌릴 때마다 음습하고 뜨거운 구멍이 움찔거렸다. 나에게로 시선이 꽂혔다. 그래서 윤진 씨랑 정이 안 드나 봐, 팀장이 농담이라는 듯 익살스러운 얼굴로 내 옆구리를 찔렀다. 대리가 깔깔거렸다. 나는 고개를 저으며 떡을 집었다. 사람들은 내 손을 유심히 쳐다보았다.

술도 안 먹구.

대리가 내 잔을 힐끔 들여다보았다. 다시 배가 따끔거리기 시작했다.

대표님이 주셨는데 이건 받아야지. 윤진 씨, 장례식장에선 먹어주는 게 예의예요. 다 먹어야 빨리 일어나니까, 얼른 들어요.

서른두 개의 눈은 일제히 이쪽으로 향했다. 조롱과 호기심, 재미와 경멸이 조금씩 섞여 있었다. 기어코 내가 먹는 모습을 보고 말겠다는 투였다.

귀를…… 삼킨 것 같아요.

목이 메어 간신히 대답하자 침묵이 흘렀다.

뭐…… 순댓국집에서요?

아름 씨가 당황한 듯 되물었다. 팀장이 헛웃음을 흘렸다.

자기야. 난 뇌 빼고 다 먹어봤어. 자꾸 뭐가 문제야?

그 순간 도시를 향해 입을 벌린 무언가의 숨결을 느꼈다. 뜨겁고 축축한 입냄새. 눈을 질끈 감고 떡을 입으로 가져갔다. 내 입에 가까워질수록 환호는 커졌다. 떡을 입에 넣자, 그들은 손뼉을 치거나 서로를 때리며 웃었다. 말랑한 떡은 이에 자꾸 달라붙었다. 꼭 살점을 씹는 것 같았다. 물컹한 귀. 서른두 개의 시뻘건 눈동자가 집요하게 내 입을 좇았다. 그들은 내가 씹는 모습을 전부 지켜보았다. 마침내 그것을 삼키고서야 시선이 흩어졌다. 그들은 아무 일도 없었다는 듯이 밥을 육개장에 말거나, 종이 그릇째 들고 후루룩 마셨다. 더듬거리며 주머니에 손을 넣었다. 손가락 세 개가 쑤욱 들어갔다. 삼켜지고 있어. 숟가락을 던지듯 내려놓고 자리에서 일어났다. 바닥에 놓인 아무 슬리퍼나 신고 화장실로 달렸다. 등 뒤에서 크게 폭소가 터졌다. 복도의 불빛에 화장실 안이 어렴풋이 비쳐 보였다. 칸은 두 개뿐이었다. 오른쪽은 닫혀 있었다. 불을 켤 생각도 하지 못한 채 변기 뚜껑을 열고 고개를 처박았다. 노란 위액이 쏟아졌다. 목구멍에서 찌꺽거리는 소리가 났다. 구역질은 오래도록 이어졌다. 정신없이 속을 게워내던 나는 어디선가 들려오는 이상한 소리에 숨을 멈추었다. 쩝쩝거리는 소리가 쉴 새 없이 들려오고 있었다. 바로 옆 칸이었다. 느리지만, 꾸준하고, 빈틈없는 그 소리는 끊임없이 이어졌다.

바로 옆 칸. 어둠 속에서 두 개의 눈동자가 형형하게 타오르고 있었다. 거대한 구멍이 내 눈앞에 있었다.

애매한 코멘트 ——— 최현윤

우리가 한 사람이 아니라는 것에서

시현은 우주를 만들잖아. 나는 항상 시현에게 말한다. 이 세계엔 천재와 천재가 아닌 사람이 있는데 나는 후자이기 때문에 알고 있다. 시현은 천재다. 심지어 노력하는 천재다. 어떻게 다 가진 거야? 시현의 《아이들 타임》을 읽은 날 나는 글쓰기의 미련을 완전히 떨칠 수 있었다. 이 정도는 써야 문학을 할 수 있는 거구나. 그럼 난 못 하겠네. 순순히 받아들였다. 이런 말을 하면 시현은 부끄러워하고, 얼른 말을 돌리기 위해 고마워. 현윤매~ 하고 웃을 것이다. 정확하게 말해야겠다. 고마워해야 하는 쪽은 오히려 나와 이 세상이다. 우리는 방에 앉아서 우주를 보았으니까. 이 모든 것이 그저 주접 같겠지만 전부 사실이다. 시현에게 고맙다. 소설에 코멘트를 남겨야 하는데 시현을 먼저 생각하고 말았다. 다시 소설로 가야겠다.

〈파수〉를 읽고 난 후 이 세계가 수많은 관으로 연결된 하나의 건물처럼 느껴졌다. 빨아들이는 구멍과 받아들이는 수많은 관을 떠올렸다. 모조리 삼키고, 계속해서 통증을 만들어내는 세계를 보는 것 같았다. 문제는 가장 약한 곳이나 평생 그곳에 있는 줄 몰랐던 곳에서부터 터져 나올 것이다. 주인공이 삼킨 것은 떡 한 덩이가 아니라, 소화 불가한 일상이다. "도시는 언제까지 숨길 수 있을까. 꾸역꾸역 차오르다 이렇게 터져버리는데." 인간이 되려는 강박을 놓아버리고, 세계가 먹인 것을 게워낼 때 비로소 이 세계의 실체가 보일지도 모르겠다.

소설은 거대한 구멍을 마주하는 것으로 끝이 난다. 이제 두 개의 구멍에서 겨우 균형만 잡으며 살 수 없다. 운이 좋아 살아남는 것으로는 부족하다.

우리는 이 소설의 세계를 함께 목격했다. 이것이 현실에 남은 희망이 아닐까. 우리는 한 사람이 아니며, 이 위기를 홀로 헤쳐나가지 않아도 된다.

ㅇ
ㅁ

이
미

너희 소식

최현윤

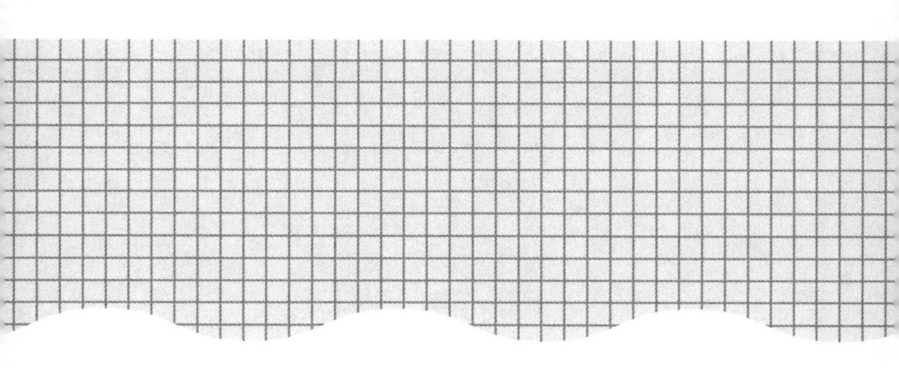

a역 인근에는 도그스타라는 애견숍이 있고, 거기엔 강아지들이 전시되어 있다. 유리 벽을 두드리지 마세요, 강아지들이 스트레스를 받아요. 종이 밑에서 강아지들은 보기 좋게 꿈틀거리고 사람들은 그곳에 서서 한참 동안 가장 예쁜 강아지는 어떤 강아지인지 논한다. 도그스타가 사라지거나, 강아지를 전시하지 못하게 하는 법이 생겨난다면, 도그스타 앞에 자주 멈춰 섰던 사람들은 이 길을 지날 때마다 조금 아쉬워할지도 모른다.

그래, 그렇지만 일어나지 않을 일이다. 상상일 뿐이다. 일어나지 않을 일이 일어난다 하더라도 도그스타를 지나쳐 전철역 쪽으로 조금만 걸어가면 회센터가 나올 것이고, 원형 수조 속에선 방어가 인공 물살에 휩싸여 빙글빙글 돌아가고 있을 것이다. 죽을 때까지만 죽지 못하게 돌고 있다. 도그스타 앞에 자주 멈춰 섰던 사람들도 횟집 수조에는 관심이 없기 때문에 그 앞을 빠르게 지나쳐 간다. 그들은 모두 전철역으로 향하고 있다.

잠시만 시간을 내주면 안 되겠냐고 초록 조끼를 입은 청년들이 설문지를 들고 사람들에게 달려간다. 회센터가 망하고, 도그스타도 망하고, 1997년에 지어지다가 건설 회사가 부도나며 거대한 쓰레기가 되어버린 a역 앞의 폐건물마저 헐리게 되더라도, 초록 조끼는 여전히 안녕하세요, 잠시 설문 하나만 부탁드려요, 하면서 쫓아올 것이다. 그리고 대부분의 사람들은 이어폰으로 귀를 틀어막는다. 스스로 빠져나가야 한다.

에스컬레이터에 올라선다. 〈아파 죽겠다.〉 연희에게 메시지를 보낸다. 나는 자주 몸에 대해서 말한다. 왜 굳이 말하게 되는지 후회하면서도 또 머리가 아프다, 눈이 침침하다, 발목이 욱신거린다 투덜거린다. 〈오늘은 진짜 가기 싫다.〉 두 번째 메시지. 〈전철이 안 온다. 영영 안 오면 좋겠다.〉 세 번째 메시지. 음악의 볼륨을 높인다.

연희를 생각하다가 사람들로 시선을 옮긴다. 사람을 빤히 들여다본다. 내 시선을 느낀 사람들이 고개를 돌린다. 가끔 왜 쳐다보냐고 묻는 사람도 있고 똑같이 빤히 바라보는 사람도 있다. 입 모양으로 뭘. 봐. 시.발.년.아. 하고 욕을 하던 사람도 있었다. 그의 얼굴을 기억한다. 거의 매일 같은 시각에, 같은 전철을 탄다. 그는 나를 알아보지 못하거나 무시하고 있다. 다시 전철을 탄다. 여느 때처럼 전철은 서울로 가고 있다. 자리는 없다.

저기 오늘이 며칠이야? 오늘이 23일인가? 24일인가?

앞에 앉은 사람이 내게 묻는다. 그는 미간을 찌푸린 채 핸드폰 화면을 내민다.

글씨가 왜 이리 작아.

나는 화면에서 24일을 보고, 24일이라고 말해준다.

역시 24일이네. 고마워.

갑자기 그의 옆에 앉아 있던 사람이 고개를 들고, 오늘은 중복이고 25일이라고 말한다.

오늘은 25일이지.

에이. 24일이 아니면 상관없어.

앞사람은 다시 핸드폰으로 눈을 돌린다. 전철은 환승역에 다다른다. 출입문이 열리고 뒤에 있던 사람들에게 밀려 문을 빠져나온다.

전철은 역을 떠난다. 다시 화면을 본다. 23일 8시 41분. 이상하다. 오늘은 중복도 아니고, 24일은 어떻게 나온 건지 알 수 없다. 머리가 이상해진 건가. 핸드폰 오류인가. 그럴 리가 없다. 이건 다 내 머리 때문이다. 〈머리가 이상해진 것 같아.〉

네 번째 메시지.

환승역에서 사람들은 너무 바쁘고, 미친 듯이 바쁘고, 각자 다른 얼굴로 각자 다른 화를 품고 걸어간다. 누군가 뛰어서 스크린도어 앞에 멈춰 선다. 움직이는 사람들을 따라가는 것만으로 걸음이 빨라진다. 나를 재촉한다. 도착 시간을 미리 알 수 있다. 곧 도착이다. 더 빨라져야 한다. 숨이 찬다. 겨우 다른 전철에 올라탄다. 여전히 자리가 없다. 가방을 앞으로 멘다. 가방에 어떤 걸 넣어 왔는지 생각한다. 어제랑 같은 것, 그제랑 같은 것, 며칠 전과 하나도 다르지 않은 가방 속에 나는 무엇을 넣었을까.

9시 정각이 되어 사무실에 도착한다. 사람들은 모두 자리에 앉아 있다.

비가 오네요.

누군가 말한다. 모니터에서 잠깐 눈을 떼고 창문을 본다. 손목이 아프고, 목이 아프고, 허리가 아프다. 비가 내린다. 누군가 창문을 닫는다. 고요해진다.

많이 내리네.

오늘도 비가 오고, 앞으로 며칠간 비가 올지도 모른다. 오늘까지 해야 할 일을 해야 한다. 왜 굳이 그래야만 하는지는 모르지만 그렇게 해야 한다. 정해진 대로 따른다. 다르게 할 수 없다. 나는 그렇게밖에 안 된다. 이미 그렇게 되어버린 것 같다. 어쩔 수 없지. 그 말을 계속 생각한다. 어쩔 수 없지 않아도 어쩔 수 없이 그렇게밖에 하지 않는 상태에 이르러 있다. 그러니 나는 정말 어쩔 수 없다. 틀려먹은 것만 같다. 그래도 눈을 뜨고 있다. 주어진 것을 해야 한다. 해야 하는 일이다.

점심시간이 된다. 자리에서 일어난다. 사람들이 하나둘씩 일어나 가벼운 짐을 챙긴다.

비 아직도 오나?

아뇨. 안 와요.

다행이네.

사람들 사이에 끼어 근처 백반집으로 향한다. 이야기를 듣는다. 웃는다. 오후쯤 조금도 생각나지 않는 이야기를 한다. 밥을 다 비우고, 순서를 기다리며 계산을 하고 나온다.

또 내리네.

차양 아래서 내리는 비를 본다. 누군가 빗속으로 뛰어든다. 그는 잠시 후 돌아와 사람들에게 우산을 건넨다. 그는 다 젖은 채로 웃는다. 그가 건네준 우산을 펼쳐 들고 삼삼오오 붙어서 빗속을 걷는다. 회사에 도착한 사람들이 옷깃에 남은 비를 털어낸다. 온통 젖은 건 한 사람뿐이다. 조금밖에 젖지 않은 사람들은 자리로 돌아간다.

그렇게까지 할 필요 없어.

누군가 다 젖은 사람에게 말한다. 나는 자리로 돌아가 서랍에서 담배를 꺼낸다. 계단을 올라 옥상으로 간다. 재떨이를 찾는다. 담배에 불을 붙인다. 옆에 선 누군가가 오늘 뜬 뉴스를 봤냐고 묻는다. 나는 고개를 젓는다.

그것 좀 봐봐. 진짜 미친 세상이야.

그의 담배는 끝났다. 천천히 담배를 털고 포털사이트를 살핀다. 기사가 a동 살인 사건으로 도배되어 있다. SNS에 용의자들의 얼굴이 떠돈다. 범죄 타임라인이 보기 쉽게 요약되어 있다. 피해자는 모 대학 교수로 며칠째 연락이 닿지 않았다. 실종 신고는 되어 있지 않았다. 가족들은 피해자가 종종 말없이 여행을 다녀왔기 때문에 이번에도 그런 줄만 알았다고 말했다. 동영상을 재생해 본다.

살인 현장은 피의자 강 씨의 지인인 김 씨의 집으로 김 씨는 현재 해외에서 2개월째 체류 중인 것으로 밝혀졌습니다. 피의자 강 씨와 조 씨는 2년 전까지 관악산 인근에 살았지만 현재 거주지는 불분명해 추가 조사가 이어질 예정입니다. 배후가 있다는 추측성 보도에 경찰은 사실무근이라고 답했습니다.

기자가 익숙한 골목길에 서 있다. 필터만 남은 꽁초를 버린다. 미친 세상. 사무실로 돌아가야 한다.

자리에 앉아서 다시 화면을 본다. 시간을 본다. 〈시간이 없어.〉 다섯 번째 메시지. 누군가 다가온다.

이것 좀 확인해 달라니까 답이 없네.

나는 몰랐다고 하고, 본다. 오늘까지 답해야 한다. 오늘까지 이것은 봐야 한다. 이유는 알 수 없다. 그걸 어기지 않는다. 어쩐지 그렇게밖에 되지 않으니 나는 어쩔 수 없다.

퇴근 시간 서울을 빠져나간다. 이 시간 전철 안에는 팔을 내리고 서 있을 곳 하나가 없다. 이 시간 이곳은 늘 이래야 한다. 조금이라도 빨리 집으로 가야 하니까. 같은 목적이다. 잠시 같은 운명이어야 한다. 좁고 가깝다.

전철에서 내리자 누군가 다가온다.

안녕하세요. 제가 신학대학교에서 과제를 하고 있거든요.

그를 지나쳐 에스컬레이터에 오른다. 매번 과제를 하고, 앱과 캘린더를 만들고, 심리학을 배운 이들을 지나치고 있다. 한 계단 밑에서 누군가 묻는다.

뭐래요?

이어폰을 빼며 그를 내려다본다.

아니, 역 앞에만 있더니 언제 안까지 내려왔어.

그는 미간을 찌푸린다.

미친 것들.

미친 세상, 미친 것들. a동 살인 살인에 대해 떠드는 한 무리가 옆을 지나쳐 간다. 그들은 서울 방면 계단을 향해 걸어간다.

다시 역 앞이다. 폐건물이 보인다. 폐건물을 가린 천막이 바람에 심하게 흔들린다. 아무렇게나 찢겨진 천막 때문에 지나치게 눈에 띈다. 건물을 둘러싼 가벽에는 곧 공사가 진행될 것처럼 '행복한 스마트 도시'라는 a도시의 슬로건이 적혀 있다. 1997년부터 현재까지 슬로건만 몇 차례 바뀌었고, 그곳은 끝내 완공되지 않았다. 선거철에만 사람들이 몰려온다. 시민 여러분 제가 이 흉물을 처리하겠습니다, 우리 시의 오래된 숙원을 제가 풀어드릴 겁니다, 저만이 해결할 수 있습니다. 그 때만큼은 폐건물도 잘 팔리는 미라처럼 보인다.

여기 스티커 하나만 붙여주시겠어요?

초록 조끼를 입은 사람이 다가온다. 자신의 손가락에 붙은 노란색 동그라미 스티커를 건넨다.

설문조사예요. 하나만 붙여주세요.

죄송합니다.

초록 조끼가 앞을 막아선다. 스티커가 손에 닿을 듯이 가까워져 있다.

이것만 해주시면 돼요. 저흰 최저생활비도 없는 어르신들을 돌보고 있어요. 우리 사회에는 하루 다섯 명꼴로 고독사하는 노인들이 있어요. 선생님이 한 달에 만 원씩만 기부하면요…….

마구 쏟아지는 말을 무시하고 최대한 빨리 걸음을 옮긴다. 어느 지점을 벗어나면 초록 조끼는 떨어져 나간다. 여러 사람에게서 같은 소리가 들린다.

감사합니다, 안녕히 가세요.

안녕히 가세요. 감사합니다.

안녕히…….

멈추면 안 되는데, 들어주면 안 되는데, 가만히 있으면 가까워질 텐데 나는 어느 순간 돌아보고 만다. 초록 조끼가 다가와서 말한다. 초록 조끼는 스티커를 자신의 손등에 붙이고, 볼펜을 꺼낸다. 옆구리에 낀 클립보드를 내민다.

지역 독거노인을 지원하고 있으며 내년 초에는 지역 예산을 받아 영역을 확장할 예정이고, 이메일만 알려주면 소식지도 보내줄 수 있다. 전화번호를 알려주면 추후 연락을 줄 수도 있다. 봉사 활동에 관심이 많으면 대외 활동도 함께 할 수 있다. 증명할 수 있다. 도울 수 있다. 초록 조끼는 여전히 친절하고, 긴박하다. 나는 믿을 것인지, 아니면 믿지 않을 것인지 결정해야 한다. 서 있다. 멈추면 결정해야 한다.

선생님. 저희 단체는요. 시에서 인증도 받았고요. 시청 앞에 사무실도 있어요. 정기 봉사도 나가고, 대표님은 국립대학교에 강의도 나가세요. 저기 병원 보이시죠? 저것도 저희 단체에 소속된 분이 운영하시는 거예요.

간판이 너무 많다. 어디의 무슨 건물이어도 괜찮다. 초록 조끼는 계속 말한다. 노인들이 하루 한 끼 먹을 돈이 없어서 죽고 있다. 냉난방 장치가 없어서 여름이나 겨울이 되면 집이 아니라 지옥에서 산다. 5평도 안 되는 방에는 창문 하나가 없다. 아무도 모를 일들이 일어나고 있다. 무관심 속에서 초록 조끼와 눈이 마주친다.

못 믿으시죠? 워낙 흉흉한 세상이니까요. 그런데 저희는 그런 오해를 받으면서도 사람들을 도우려 하고 있어요. 보답하려고요. 여기서 벌벌 떨면서도 사람들한테 도와달라고 부탁해요.

여름은 덥고, 겨울은 춥고, 그들은 늘 있다. 정말 저 모든 것들이 무너져도 있을 것이다. 미친 세상, 미친 것들, 흉흉한 세상. 오해받는다고 생각하는 사람이 초록 조끼를 입고 이메일과 전화번호를 알려달라고 한다. 한 달 5만 원이면 얼마나 많은 변화가 일어나는지 모를 거라고. 이제 믿느냐고 묻는다. 등 뒤로 다른 목소리가 반복적으로 들려온다.

감사합니다. 선생님.

잠시만.

안녕히.

잠시만. 안녕히.

나는 핸드폰을 건네주고, 매달 5만 원씩 기부하는 사이트에 개인정보를 입력해야 할 때마다 핸드폰을 돌려받는다. 다급하고, 정확하게 초록 조끼의 손이 움직인다.

선생님은 오늘 잘하신 거예요.

나는 그곳을 빠져나간다. 버스 정류장으로 향한다. 누군가 옆을 지나쳐 간다. 핸드폰에 대고 말한다.

뉴스 안 봤어? 나 무서워. 그러니까 전화 끊지 마. 알았지?

버스에 오른다. 고등학생으로 보이는 무리가 뒤이어 탄다. 그들은 내일 학교에 가서 누군가를 진짜 죽여버릴 거라고 말한다.

진짜 빡쳐.

개짜증 나.

나는 자리에 앉는다. 〈믿고 싶어.〉 여섯 번째 메시지를 쓰다가 지운다. 자리에 앉는다. 그들은 서 있다. 이번 정류장은 a동 s아파트, 다음 정류장은 a동 호텔, 다음 정류장은 a동 주민센터. 다시 기사를 찾아본다. 여전히 a동 살인 사건이 떠 있지만 이미 다른 키워드가 떠오르고 있다. 기사의 댓글을 읽는다. 조 씨의 고등학교 동창이란 사람이 인기 댓글에 올라 있다. 그는 먼저 자신이 조 씨와 진짜 친구는 아니었다고 밝힌다. 조 씨는 얌전했고, 눈에 띄지도 않았으며 친구는 많지 않았지만 왕따는 아니었고, 아마 이 일이 없었으면 완전히 잊고 지냈을 일화인데 조 씨와 짝꿍이었을 때 조 씨가 담임의 지적을 받자 볼펜으로 책상을 막 갈겨버렸고, 담임은 그런 조 씨의 뺨을 때렸다고 한다. 몇 년 전에 페이스북 친구 신청이 왔는데 지금 생각하니 너무 소름 끼친다는 말로 끝난다. 프로필을 클릭하여 그의 블로그에 들어간다. 오늘의 방문자 수는 429. 다시 기사의 댓글을 읽는다. 이번 정부의 모략이다. 선거비리를 덮는 수단이다. 봐주면 이젠 용서하지 않을 것이다.

멀미가 난다. 이번 정류장은 a2동. 하차 벨을 누른다. 멀미가 가시질 않는다. 지독한 향수 냄새가 난다.

헛구역질, 침 뱉기. 집으로 가는 골목으로 향한다. 어디서 깡깡 짖는 강아지 소리가 들린다. 어디에 있는 걸까. 무엇을 향해 짖는 걸까. 올려다본 곳에는 불이 켜진 오피스텔 건물밖에 없다. 무엇을 향해 짖을까. 메시지가 와 있다. 〈감사합니다. 정기 후원자님.〉 나는 서 있다, 나는 집으로 돌아가야 한다. 최대한 빨리. 그러려고 했으니까 멈추면 안 된다. 결정하지 않아야 한다.

가방을 벗는다. 겉옷도 벗는다. 바지도 벗는다. 침대에 눕는다. 눈을 감고 싶다. 아무것도 할 수가 없다. 잠들면 내일인데 내일이 오기 전에 일어나야 한다. 눈을 뜨고 유튜브를 본다. a동 블랙박스 영상이 새로운 맞춤 영상에 뜬다. 영상은 자동 재생된다.

지인으로 알려진 김 씨는 오늘 오전 취재진을 통해 자신이 받는 의혹은 모두 오해라고 밝혔습니다. 김 씨는 오래전 조 씨와 같은 곳에서 아르바이트를 한 경험밖에 없고, 연락을 안 한 지도 수개월이 지났다고 진술했습니다. 김 씨는 자신 또한 피해자라며 억울함을 호소했습니다. 강 씨와 조 씨의 범행 동기에 대해서는 아직 조사 중인 것으로 알려졌습니다. 한편, 피해자인 대학교수 k 씨의 추모 행사가 재직했던 대학교 캠

퍼스에서 이뤄졌습니다. 학생들은 헌화를 하며 눈물을 감추지 못했습니다. 대부분의 학생들이 이 같은 일이 다시 일어나지 않도록 범인들이 강력 처벌받길 바란다고 전했습니다. 논란 중 김 씨가 조 씨와 OTT 계정을 공유했다는 사실이 저희 취재진을 통해 드러났습니다. 김 씨는 명의를 도용당했다고 주장하고 있지만 경찰은 모든 가능성을 열어두고 조사하겠다는 입장입니다.

영상이 바로 다음으로 넘어간다. 익숙한 골목, 폴리스라인이 쳐진 문 앞. 155cm, 49kg. 159cm, 56kg. 체구가 작은 두 사람이 어떻게 살인을 저지를 수 있었는지 분석한다. 타임라인은 분명하다. 분명 나는 이 소식에 맞춰지고 있다. 페이스북 메시지 알림이 뜬다. 아직도 앱이 깔려 있다는 걸 몇 년 만에 깨닫는다.

—?

b는 내가 보낸 메시지에 2년 만에 답장을 보냈다. 2년 전 나는 b에게 혹시 연희랑 연락이 되냐고 묻고 있다.

—내가 보낸 메시지 2년 전 거야.

b는 자신이 미쳤나 보다라고 말한다. 갑자기 페이스북에 들어가 봤더니 내 메시지가 있었고, 읽고 그냥 답장을 했으며 날짜와 시간은 못 봤다고 한다. b는 유학생들이 다 떠나고 일이 더 많아졌다고 토로한다. 일이 너무 많아서 어제오늘이 분간이 안 되고, 여기가 한국인지 어디인지도 알 수가 없다고.

그래서 자기가 미쳤나 보다라고 말한다.

—괜찮아. 나도 아직 페북 있는 줄 몰랐어.

—연희가 그때 많이 다쳤다고 들었던 것 같아. 소식이 없네. 다들.

소식이 없다는 b의 말에 이모티콘을 보낸다. 구글에 검색해서 찾을 수 있는 연희의 소식은 세 줄 정도다. 우리 국민은 모두 안전한 것으로 파악되었습니다. 발생 지역에서 교통사고를 당해 유학생 한 명이 인근 병원으로 옮겨졌습니다. 당국은 사고와 테러는 무관하다고 밝혔습니다.

담배를 피워야겠다. 다시 바지를 입는다. 담배 어디에 뒀지? 계속 찾다가 바지 주머니에서 담배를 찾는다. 근데 불은, 불은 어디에 있지? 다시 사야겠다. 어디로 사라지는 걸까. 매번. 골목을 지난다. 앞서 걷고 있는 사람들을 본다. 그들이 하는 대화, 그들의 모습, 잠깐 동안 얻을 수 있는 정보에, 그들에게만 집중한다. 그들의 머리 모양과 옷 색깔, 그들이 시야에서 벗어난다.

편의점에 도착한다. 라이터를 사고, 담배를 산다. 밖으로 나가서 불을 붙이고, 그때를 생각한다. 재킷에 묻은 아이스크림 자국을 보고 이 개새끼들 하고 욕했다. 광장 끝에서 굉음이 울리고, 연기가 솟구쳤다. 머리를 감싼 채 쪼그라진 사람들, 쪼그라진 나는 연기가 솟구치는 곳을 일제히 돌아봤다. 그곳을 빠져나가려고 마구 뛰었다. 사이렌 소리, 대피를 알리는 안내 방송. 계속해서 이어졌다. 당연하게 집으로 향하는 몸들. 마주 오는 사람들의 겁에 질린 표정, 다양한 인종의 다양하게 경악한 얼굴. 몇몇은 가만히 서서 그곳을 바라만 봤다. 나는 건물 안으로 들어가서 다리에 힘이 풀린다. 1층 공동 현관문을 열고 들어온 이웃과 마주친다. 그가 나를 부축한다.

무슨 일이야?

아무 말도 전하지 않았을 것이다. 단지 충분히 추측할 수 있었을 것이다. 무언가 잘못되었다. 집에 도착해서 그가 따라 준 물을 마신다. 그는 금방 안다. 핸드폰이 내내 울리고 있다. 아무 말도 하지 않아도 된다. 계속해서 전화벨이 울린다. 수많은 메시지가 온다. 제때 받지 않으면 안 된다.

무슨 일이 있으면 우리 집으로 와도 돼.

그는 가족에게 전화를 걸며 내 방을 빠져나간다. 문을 조심히 닫아준다. 사이렌 소리가 들린다. 메시지가 온다. 〈괜찮아?〉 국영방송을 본다. 반복되는 소식, 희생자와 테러범, 잿더미가 된 카페테리아, 깨진 벽. 나는 그 장면을 계속 본다. 내일 아르바이트를 가야 하는지가 궁금하다. 그런 게 궁금한 것이 맞는 건가. 심장이 뛰고 여전히 살이 떨리는데. 내일 어떤 테러가 있을지 모르는데, 그곳에서 내가 도망쳐 왔는데. 며칠 가게 문을 닫는다는 메시지가 올 때까지 나는 그게 궁금하다.

유학생들에게 귀국행 티켓을 지원하겠다는 정부 발표가 나왔다. 많은 사람들이 돈 많은 유학생들을 왜 우리 세금으로 구제해야 하냐고 물었다. 그들은 그들을 구할 돈이 있으며, 위험한 곳에 제 발로 들어간 건 그들이라는 댓글이 달렸다. 모르는 사람에게 SNS로 메시지가 왔다. 거기서 그냥 죽으세요. 세금 도둑. 조치는 철회되지 않고 조건이 붙는다. 티켓을 받으면 다신 돌아갈 수 없다. 〈너 갈 거야?〉 〈너 어디야?〉 대다수의 선택은 그 티켓을 받지 않는 것이었다. 그러나 나는 티켓을 받았다. 더 버티지 않아도 되는 것, 거기서 실패하지 않았다는 것, 어쩔 수 없었다고 말할 수 있게 되었다. 그런데 그때 그딴 생각을 해도 됐던 걸까. 나는 짐을 싸며 울었다.

붐비는 공항 입국장에는 기자들이 와 있었다. 누군가 다가와 메일로 먼저 연락한 기자라고 했다. 나는 메일을 받은 적이 없었다. 한쪽 구석으로 갔다. 기자가 무슨 일이 있었는지 물었다. 생각나는 것을 말했다. 재킷에 묻은 아이스크림. 광장에서 나를 놀리던 꼬마들. 흰색 얼룩. 그 동네는 인종차별이 심하다. 너무 심하다. 하루하루 조롱하는 인간들을 봐야 한다.

테러범에 어린아이가 있었나요?

제가 본 아이들은 테러범이 아니에요.

확실한가요? 직접 봤단 거죠?

아뇨. 그때 폭발음이 들렸어요.

아이들은 계속 옆에 있었고?

네.

그럼 제대로 못 본 거네요?

기자는 그제야 내게 기대할 것이 없다는 것을 알고 자리를 떠났다. 나는 귀국했다. 귀국하지 않은 사람들이 있었다. 이것도 저것도 하지 못한 사람이 있었다. 손실된 사람들이 있다. 나는 그 사건에 제대로 관련되어 있지 않았다. 그 어떤 것도 제대로 못 보겠다고 고개를 숙인 나를 떠올렸다. 본 것만 같았다. 쪼그라진 내 모습을 코앞에서 제대로 본 것 같았다. 그러나 아무런 말도 할 수 없다. 나는 돌아갈 수 없다. 어떤 시간도 돌아오지 않는다.

〈하고 싶은 말이 없는데 대화하고 싶어.〉 다시 쓴 여섯 번째 메시지. 유튜브에서 'S도시 2019년 테러'를 검색한다. 테러로 부서진 식당을 보며 한 남자는 말한다. 용서하지 않을 것이다. 그의 피부를 덮은 회색 가루, 눈물이 턱수염까지 흘러 긴 자국을 남긴다. 축축해진 수염, 그의 입가를 본다. 이제 그 언어를 다 잊어버렸다. 전날 같은데 하나도 기억나지 않는다. 생생한데 정확하진 않다. 다 잘못되어 있는 것 같다. 아니 내 머리가 이상하다. 이상해진 이유는 너무 많다. 매일 일어나고, 매일 살고, 매일 옮겨가고, 매일 너무 빠르게 도시 몇 개를 통과해서다. 누군가 남들도 다 그렇게 산다고 말한 적이 있다. 나는 우는소리도 못 하냐고 다시 우는소리를 했다. 남들도 다 같이 이상해진 것만은 아니길 바란다. 방법을 알고 있는 사람이 필요하다. 담배가 타들어 간다. 이런 걸 보는 게 아니었다. 지나가는 사람들의 머리 모양과 옷 색깔을 본다. 다시 걷는다. 그들을 지나친다. 공원, 공사장, 가로등 하나 없는 골목을 지나쳐 덤프트럭만이 갓길에 세워져 있는 큰길가로 나온다. 술집이 즐비한 거리로 이어진다. 발이 아프다. 아무 일도 일어나지 않은 것 같다. 여전히 취한 사람들, 여전히 마시는 사람들, 여전히 더러운 길바닥. 여전히 역 앞 건물 어디에 그 병원이 있는지 알 수 없다. 아무 일도 내게 일어나지 않았다. 내게도 저들에게도 일어나지 않은 일이 어딘가에서 일어나고 있다. 내게도 저들에게도 일어났을지도 모른다. 오늘은 도그스타의 벽을 함부로 치지 않고, 계속 걷는 중이다. 발가락에서 피가 난다. 돌아가야 한다. 길이 멀다. b의 메시지가 와 있다.

—우리 셰프가 작년 축제에서 연희를 본 것 같대.

—셰프가 연희를 알아?

—여기 한인은 우리 가게에서 다 볼 수 있잖아. 내가 다시 한번 찾아볼까?

괜찮다는 말을 쓰려다가 ㅋㅋㅋ만 쓴다.

—하긴. 너무 오래된 일이긴 하다.

b는 다시 바빠진 일상에 대해, 아직도 하고 있는 유학 생활에 대해 말한다. 유학생이 없다. 일하는 곳은 한식당이 아니다. 온 나라 아시안이 다 모여 있다. 그래도 지금은 요리만 하

고, 설거지는 다른 아시안이 하고 있다. 인종차별은 여전하고, 길거리를 지나면 뻔하게 니하오, 곤니치와 한다. 가끔 안녕을 듣는다. 그들에게 듣는 안녕이 얼마나 공포스러운지에 대해 말한다.

—혼종 그 자체야.

변한 것이 하나도 없다. 변한 거라곤 시간뿐이다. 미친 세상, 미친 것들, 흉흉한 세상, 혼종 그 자체야. 슬리퍼가 너무 작다. 삐져나온 발가락이 바닥에 계속 긁히는 것 같다. 진작 알았으면 좋았을걸. 유튜브를 클릭한다. 다시 맞춤 영상을 본다. 다시 맞춰진 영상에선 김 씨가 공모했느냐 안 했느냐가 쟁점이라고 한다. 드러날 것만 같은 의혹이 펼쳐진다. 이제 강 씨와 조 씨가 저지른 살인이 김 씨의 계획이었다는 것이 드러날 차례다. 눈에 익은 골목을 빠져나오는 두 사람이 찍힌 CCTV도 반복해서 재생된다. 나는 a동 쪽으로 걷는다. 유튜브 라이브가 추천 영상으로 뜬다. '실시간 살인 현장 찾아가는 방송'이란 제목이다. 이제 진실은 중요하지 않다. 뭐든지 최대치로 끌어올리는 것이 중요하다. 선별할 수 없을 정도로 많으면 그것을 믿을 수 있다. 멈춰 서면 선택하게 된다.

다시 발가락을 본다. 온종일 온몸이 조금씩 뒤틀리는 것처럼 아프다. 내일은 어디가 아플까. 주변이 너무 어둡다. 발이 아프다. 발가락이 아프다. 담배 한 대만 더 피울까. 모텔 앞에서 담배에 불을 붙이려는데 금연 구역 표시가 보인다. 담배를 물고 지나가는 아저씨를 본다. 한 번도 걸으면서 피운 기억이 없다. 안쪽 골목을 통해 가게들이 다 닫혀 있는 중앙 시장 안길을 걷는다. 곱창집 하나만 열려 있다. 그것도 곧 닫을 것 같다. 재떨이가 있으면 좋겠다. 좀 더 어두운 골목으로 들어간다. 시장이 활기를 띠었던 적이 있었나? 생각나지 않는다. 대체 어디로 가야 마음 편히 담배에 불을 붙일 수 있을까. 어떤 말을 해야 마음 편히 대화를 이을 수 있을까. 나는 담배를 꺼내지도 못하고 걷는다. 나는 말을 꺼내지 못하고 핸드폰 화면을 켜놓고 있다. 덜렁거리는 발톱을 그대로 둔 채 계속 걷는다. 여인숙과 모텔이 펼쳐진다. 하수구마다 담배꽁초가 잔뜩 버려져 있다. 시궁창 냄새가 나잖아. 다행이다. 이제 괜찮다. 모두가 버린 것만 같아서 안심한다. 이런 데서 안심하면 안 되는데 나는 담배에 불을 붙인다.

b라면 연희의 소식을 금방 찾아낼 것이다. 당장 내게 연락할지도 모른다. 그냥 페이스북을 지울 수도 있겠다. 내가 먼저 지울 수도 있다. 이제 페이스북을 지우고 싶다. 있는지 몰랐을 때랑 있는 걸 알았을 때는 다르다. 없는 걸 몰랐을 때와 없는 걸 알았을 때도 다르다. 작년 축제에서의 연희는 뭐였을까. 셰프가 본 연희가 궁금하다. 뭘 하고 있었을까. 맥주를 마시고, 악기를 연주하는 사람들 곁에서 춤을 추고, 전통 과자를 먹고, 평소에 위험해서 못 갔던 골목을 쏘다니며 붉은 달 같은 조명을 올려다보며 그 중간에서 손가락으로 브이를 하

고 사진을 찍어달라고 부탁하고 있었을까. 사람이 이렇게 많은 곳에서 무슨 사진이냐고 나무라면 그냥 사람들이랑 같이 찍어달라고, 다 추억이라고 말했을지도 모른다. 셰프는 어떤 모습을 보고 연희를 봤다고 생각한 걸까. 아니 사실 날짜를 잘못 말했을 수도 있다. 착각이다. 2년 전이 아니다. 너무 지났다. 그러나 조금도 멀어지지 않은 것 같다. 나는 통과하고 있다. a동을 걷고 있다. 공공 자전거를 끌면서 세 사람이 횡단보도를 건너온다. 세 사람과 자전거 세 대가 앞에 있다. 두 사람이 핸드폰을 보고 있고 그 뒤를 한 사람이 따른다.

이쪽으로 가면 절대 안 나올 것 같아.

여기에 있다는데?

육교 아래에 사람들이 모여 있다. 육교 아래 사람들이 이쪽을 향해 손을 든다. 저기를 향하는 걸까 생각했는데 세 사람은 그 손을 보고 멈춰 서고 두리번거리고, 내가 있는 곳을 돌아본다. 앞에 선 사람들이 모두 나를 보고 있다. 사람들이 단톡방을 보고 왔냐고 묻는다. 세 사람은 아니라고 한다. 나도 아니라고 한다. 혹시 이런 강아지를 본 적 없는지 물으며 핸드폰 화면을 보여준다. 강아지는 둥글납작한 얼굴에 긴 다리를 가졌다.

처음 봐요.

나는 고개를 젓는다. 육교 아래 사람들은 강아지를 찾고 있다고 한다. 동네를 돌아다니고 있다. 강아지는 더 넓은 반경으로 배회하고 있다. 어디에 있는지 모른다. 내일은 비가 더 올 텐데 그 전에는 잡아야 하는데 걱정이다. 사람들은 피곤해 보인다. 손에 들린 허술한 도구들이 보인다. 목장갑, 낮은 철조망, 여름 이불.

어제는 새벽 1시까지 기다렸는데 우리가 가고 나서 나타났대요.

오늘은 적어도 2시까지는 살펴봐야 할 것 같아요.

아마도 유기된 강아지인 것 같아요. 사람을 너무 경계해요.

보호 단체에서도 어디에 있는지 정확하게 알아야 도와줄 수 있대요.

근데 잡아서 어쩌죠?

그건 다시 이야기하죠. 이렇게 돌아다니게 둘 순 없잖아요.

자전거를 끄는 세 사람은 모르는 이야기라며 학교에 가서 애들한테 물어보겠다고 한다.

가는 길에도 볼게요.

세 사람과 나는 단톡방에 초대받는다. 보이면 말하자는 약속을 한다. 어디에 있는지도 모르는 강아지를 찾는 사람들과 어디로 가는지 모르는 세 사람이 헤어진다. 세 사람은 아파트 단지가 있는 오른쪽으로 방향을 꺾는다. 그쪽으로는 한 번도 가보지 않았다. 거기에 뭐가 있는지 궁금했던 적도 없다. 단톡방으로 거의 도착했다는 메시지가 온다. 누군가 멀리서 손을 든다. 곁에 서 있는 사람들이 손을 든다. 나도 손을 든다.

누군가 합류하고, 이제 나눠서 이동하자고 하고, 나는 빠져나간다. 대로변을 따라 걷는다. 어디에 있는지 모르는 것들을 찾는 것이 지금 가장 급한 일처럼 보인다. a동에 대해서 아무것도 모르는 것처럼 사람들은 어딘가로, 무언가를 찾아 떠난다. 그냥 아무 일도 일어나지 않은 듯이 나는 걷는다. 지나고 있다. b에게 답장을 써야 한다. 다시 비가 내린다. 그렇게까지 할 필요 없는데. 빗속을 걷는다. 한동안 이렇게 예측할 수 없는 비가 쏟아질 것이다. 나는 이미 알고 있다. 벌써 강아지가 짖고 있다. 어디에서 짖고 있는지 모른다. 찾아야 한다. 비를 본다. 사방으로 흐르고 있다. 온통 젖고 있다. 사방으로 오늘이 남을 것이다. 다시 걸어야 한다. 다시 바지를 벗고, 다시 누워서, 맞춰지지 않는 것을 맞춰보면서 계속 옮겨가야 한다. 전전긍긍해야 한다. 오늘을 맞아야 한다.

발톱이 빠진 자리를 본다. 여전히 피가 난다. 균일하지 않은 바닥으로 물이 찬다. 발을 담근다. 나는 발을 빼지 못한다. 내일 보낼 첫 번째 메시지를 쓴다. 〈아파 죽겠다.〉

검은 꽃을 든 검은 마음 사람에게

기억해? 8년 전인가, 단둘이 홍대 거리를 거닐다가 네가 나한테 작은 꽃다발을 사서 선물해 줬던 적이 있어. 그냥 문득 꽃을 주고 싶어졌다나. 갑자기 꽃을 주고 싶어지는 마음은 무엇일까? 살면서 나는 한 번도 그런 마음을 가져본 적 없는 사람인지라 그 마음의 빛깔과 향기에 대해 오래도록 생각하곤 했어.

오늘 나는 네게 두 번째 꽃다발을 선물받았어. 무슨 소리냐고? 네 소설을 읽었을 때, 금방이라도 바스러질 것 같지만 결코 시들지 않는 문장으로 묶은 꽃다발을 건네받은 느낌이었거든. 수십 겹의 검은색 꽃잎으로 이루어진 검은 꽃다발 말이야. 얼마 전부터 나는 검은색이 좋아졌어. 검은색은 모든 빛을 흡수하잖아. 아니, 사실 이 문장은 잘못됐대. 모든 색의 빛을 흡수하기 때문에 우리 눈에 검게 보이는 것뿐이라나. 그러니까 검은색은 그 어떤 색보다 빛의 함유량이 가장 높은 셈이야.

그거 알아? 네 소설 속 인물이 가까스로 아파 죽겠다고 말하는 사람이라면, 요즘 들어 나는 네가 꼭 어두워서 죽겠다고 말하는 사람처럼 느껴졌어. 더는 한 줄도 쓸 수 없을 것 같다며 좌절할 때마다, 저러다 마음이 완전히 새카매지는 건 아닐까 걱정되기도 했어. 근데 이렇게 검은 활자 다발로 엮은 네 소설을 건네받고 나니까, 소설이라는 형식으로 담아낸 네 마음속 소식을 전해 듣고 나니까, 문득 이런 생각이 들었어. 네가 글을 쓰면서 마음이 어두워졌다면 그건 네가 어두워서가 아니라, 너를 둘러싼 빛을 한가득 머금고 있느라 그랬던 거라고.

있잖아, 이 미친 세상 속에서 너는 마치 네 삶이 0이 되어버린 것 같다고 자조하지만, 나는 언제나 네가 눈부신 빛에 둘러싸여 있고, 그것을 온몸으로 끌어안을 줄 아는 사람이라고 생각해. 스스로를 검게 물들이는 방식으로 온전한 다정을 전하는 사람이라고, 그렇게밖에 안 되는 사람이라고 생각해. 그리고 언젠가 네가 나에게 문득 꽃다발을 건넸듯이, 앞으로 너의 글쓰기에게도 문득문득 작고 예쁜 꽃다발을 건넸으면 좋겠어. 이쪽으로 가면 아무것도 나오지 않을 것 같더라도 이쪽으로 가봤으면 좋겠어. 맞춰지지 않는 것을 끈질기게 맞춰보면서, 오늘을 온몸으로 맞으면서, 너도 모르는 사이 네가 늘 그래 왔던 대로.

ㅇ
ㅁ

양말

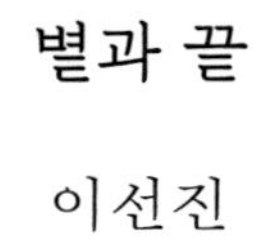

별과 끝

이선진

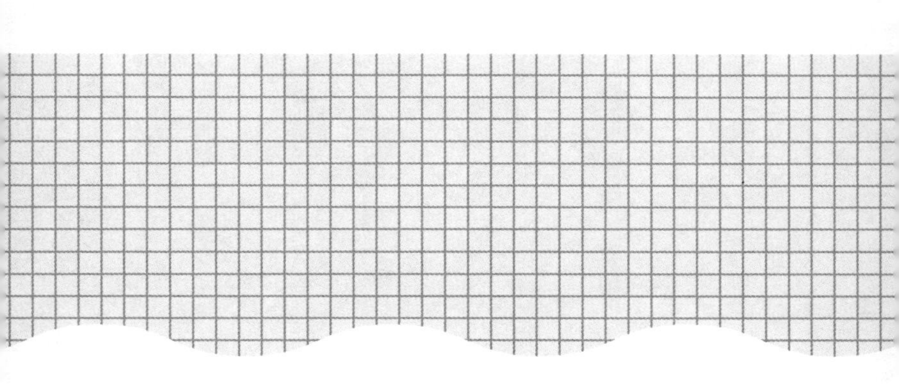

어떤 사람은 함께 먹었던 음식으로 기억되곤 한다. 가본 곳도 해본 것도 아닌, 고작 먹은 것. 음식은 그 사람과 함께한 기억의 아주 일부에 불과한데 더 쨍하고 눈부신 추억들도 많을 텐데 바람 불면 후, 보푸라기처럼 날아가 버릴 것 같은 그런 작고 사소한 것이 왠지 모르게 더 선명히 떠오르는 것이다.

온조의 경우에는 초계국수였다.

네 번의 여름을 함께 보내면서 더도 말고 덜도 말고 딱 한 번 먹어본 음식인데도 그랬다. 지금은 식초와 겨자가 들어가 초계라는 걸 알지만 당시 나는 초계의 계가 당연히 닭 계 자일 거라 넘겨짚었고, 그래서인지 계의 ㄱ자만 들어도 속이 울렁거렸다. 컨베이어벨트를 타고 밀물처럼 밀려오는 닭발과 주 6일 밤낮으로 살을 부대끼다 보면 닭이 곧 나이고 내가 곧

닭인 지경이 되곤 했으니까.

그럼에도 나는 그해 여름이 다 가버리기 전에 온조와 함께 초계국수를 먹으러 갈 계획을 짜고 있었다. 육수 빼면 시체일 정도로 비법 육수 맛이 깊고 진하다는 집의 위치를 저장해 두기까지 했다. 온조가 초계국수를 먹고 싶다고 했고, 사랑 빼면 시체였으니까, 나는.

사실 온조가 내게 직접적으로 그 말을 건넨 건 아니었다. 엄밀히 말하자면 늦은 밤 퇴근 후 육개장 사발면으로 대충 끼니를 때운 뒤 영화 채널에서 장국영이 나오는 영화를 보다가, 중간 지역 광고 화면에 띄워진 초계국수 이미지를 보고 맛있겠다…… 작게 혼잣말하는 걸 내가 들어버린 것뿐이었다. 순간 나는 내 귀를 의심했지만 내가 먹고 마시는 것이 곧 나라면, 나라는 사람이 그것들로 이루어진다고 생각하면, 사람인 이상 사람으로 태어나 사람으로 살고 있는 이상 좋은 것만 먹고 마시고 싶을 테니까, 그렇게 좋은 사람으로 거듭나고 싶을 테니까 충분히 그럴 수 있다고 생각했다.

그럴 수 있지.

살면서 나는 그 말을 달고 살았다. 그 말을 달고 살아야지만 살 수 있었으니까 그렇게 했다. 문제는 그럴 수 없는 일을 마주했을 때조차 그럴 수 있지, 해버렸다는 거였다. 생모가 나를 공터에 버려둔 채 영영 돌아오지 않았을 때에도, 맨손으로 탕적기 배수구에 쌓인 닭 깃털을 정리하던 동료 언니의 팔이 회전날에 말려 들어갔을 때에도, 온조를 비롯한 공장 사람들과 진상 규명 요구 시위를 벌이다 말이 격려금이지 사실상 뒷돈을 받고 업무에 복귀했을 때에도…… 그럴 수 있지.

어쩌면 이제는 얼굴도 기억나지 않는 생모가 손수 떠준 뜨개 인간처럼 나라는 사람은 나의 그럴 수 있음으로 한 땀 한 땀 이루어진 것일지도 몰라. 그럴 수 있었기 때문에 지금껏 이 모양 이 꼴로나마 살아올 수 있었던 것일지도 몰라. 그 무렵 내가 하루에도 수백 번씩 이런 생각을 하면서 닭 뼈를 발라냈다면 끝내 공장으로 돌아오지 않기를 택한 온조는 낮엔 카페 겸 뜨개방에서 아르바이트를 하고 밤엔 취미로 뜨개를 했다. 니트 조끼부터 티코스터, 스마일 패턴이 들어간 손가방이나 욕실 발매트까지. 뜨다가 코를 잘못 줍거나 장력 조절이 잘 안됐다는 걸 알게 되면 애써 뜬 걸 전부 원상태로 푼 뒤 처음부터 다시 떴다. 들어가는 실값과 정성값을 생각하면 뜨는 것보다 사는 게 더 싸게 먹힌다는 걸 알면서도 손에서 편물이 한 뼘 두 뼘 자라나는 맛 때문에 멈출 수가 없다고 했다. 자라나는 맛…… 그런 맛은 대체 뭐지? 나는 그렇게 물으려다 이렇게 말했다.

근데 온조 너는 진짜 못 뜨는 게 없네.

뭐든 다 떠줄 테니까 인재 너도 말만 해.

나를 위해서?

너를 위해서.

나는 내 귀를 의심했다. 왜냐고 묻는다면…… 그럴 수 있었으니까. 언젠가부터 생모가 주먹으로 머리를 쥐어박고 파리채로 발바닥을 때리는 대신 머리끝부터 발끝까지 나를 위해 한 땀 한 땀 무언가를 떠줬던 것처럼. 온몸에 땀띠가 날 정도로 무더웠던 어느 여름 한복판에서 당신이 손수 뜬 비니와 목도리와 니트와 양말을 내게 씌우고 두르고 입히고 신긴 채 인재야, 여기 꼼짝 말고 있어, 했던 것처럼. 다른 어디도 아닌 거기에 꼼짝 않고 있는 동안 내가 완전히 새 된 것처럼.

마음과 편물의 공통점은 언제든 뜰 수 있다는 거였고, 푹푹 찌는 더위 때문에 살이 뭉근하게 익어가는 기분이 들던 그날부로 우리는 한 땀 한 땀 이별을 떠나가기 시작했다. 시작된 것들은 계획대로 매듭지어지거나 모조리 풀어헤쳐져 거듭 시작되기 마련이고, 나는 지금 온조가 없는 네 번째 여름을 맞이하고 있다.

*

암막 커튼을 쳐두었는데도 눈이 너무 부셔서 잠에서 깬 어느 날이었다. 비니와 목도리와 스웨터와 장갑을 뜨고 오직 양말만을 남겨두고 있던 어느 날이었다. 양말을 다 뜨기 전에 꼭 온조와 초계국수를 먹으러 가야지, 생각했다는 것 빼고는 다른 날들과 별반 다르지 않은 어느 날이었다. 일기장을 보면 그렇지만 나는 일기에도 솔직하게 마음을 옮겨 적는 사람이 아니니까 백지에까지 거짓말을 하는 사람이니까 어쩌면 그 날이 그날이 아닐지도 모르겠다.

그날 온조는 밑단에 연보라색 히아신스가 흐드러진, 내가 떠준 얇은 조끼를 입고 있었고 나는 온조가 떠준 얇은 꽈배기 무늬 니트를 입고 있었다. 계절감이 맞지 않는 차림을 한 채 천변을 거닐며 카페 겸 뜨개방에 가는 길이었다. 온조의 본분은 그곳에서 곰돌이 모양 얼음 틀에 굳힌 곰돌이 모양 커피를 내어주고 가끔 구석에 마련된 뜨개 용품 코너에서 실을 팔고 사내아이를 낳겠다는 일념으로 사장이 몇 차례의 시험관 시술 끝에 얻은 아이의 수학 숙제를 봐주는 거였고, 나의 본분은 되도록 아무 생각도 하지 않는 거였다. 그러나 아무런 생각도 하지 않기에는 날이 너무 더웠기에 나도 모르게 자꾸만 날이 진짜 덥네, 하고 혼잣말하게 되었다. 나는 나를 속이지 않으면 단 하루도 살 수 없는 사람인지라 어쩌면 진짜가 아니라 존나 덥네, 씨발 개병신같이 덥네, 했을지도 모르는 일이지만.

인재 너 방금 뭐라고 했어?

날이 진짜 덥다고.

그러게 진짜 덥네.

응응 진짜 무진장 덥네.

그러게 이 더운 날 옷을 왜 그렇게 두껍게 입었어.

네가 나한테 할 소리야?

그야 네가 나를 위해 떠준 거니까.

그런데 덥다고 생각하면 더 더워지니까 우리 아예 생각을 말자.

그래 그러자.

그러나 아무 생각도 안 하는 건 생각보다 어려운 일이어서 며칠 전 나는 닭발의 뼈가 아닌 내 살을 발랐다. 보육원 원장으로부터 생모가 나를 만나고 싶어 한다는 연락을 받았을 때 덥석 알겠다고 대답하는 게 아니었나, 거기까지는 그럴 수 있다 쳐도 나 대신 온조를 내보내는 게 아니었나……. 안 해도 그만인 생각을 하다가 후드득, 구름에게 버려진 빗방울처럼 컨베이어 레일 위로 새빨간 피가 떨어졌다. 순간 나는 내 눈을 의심했다. 이렇게나 작고 가는 손가락에서 이렇게나 많은 피가 나왔다는 사실 때문이기도 했지만, 벌어진 살 틈으로 훤히 들여다보이는, 영혼처럼 희고 시린 뼈 때문에.

사람이 뼈와 살로 이루어진 동물이라면 뼈와 살은 무엇으로 이루어질까? 언젠가 내가 조금 더 젊고 신수가 훤했을 때 나는 혼잣말했고 그때 내 옆에 있던, 그때만 해도 몸에 팔이 멀쩡하게 달려 있던 누군가는 짧은 휴게 시간에 쫓겨 다 익지도 않은 컵라면 면발을 씹지도 않고 허겁지겁 삼키면서 유 아왓 유 잇, 네가 먹는 것이 곧 너라고 했다. 그러니까 아가씨, 잘 챙겨 먹어. 돈 없다고 굶지 말고 삼시 세끼 잘 챙겨 먹고 살

아. 그래야 나처럼 안 되고 사람 된다. 얼마 뒤 그녀가 일을 그만두게 되면서 펑크 난 자리는 다른 누군가에 의해 메꿔졌고, 그날부로 나는 공장 셔틀버스 창가 자리에 곤죽처럼 몸을 기대어 앉아 속으로 이렇게 중얼거리곤 했다. 나는 무말랭이야. 나는 으깬 두부 반 모야. 나는 흰쌀과 기장의 비율을 1:4로 해서 지은 밥이야. 설탕 한 꼬집 탄 믹스커피야. 식감이 꼭 혀를 씹는 것 같던 선지무침이야. 꿀과 깨를 넣고 볶은 명엽채야. 눅눅한 김에 싼 눅눅한 누룽지야. 바람떡이야. 덜 익은 여주 반쪽이야. 불맛을 제대로 살린 조기구이야. 물이야. 물과 함께 삼킨 약 한 뭉텅이야. 그러나 모조리 비워냈으니까 그렇게 속이 텅 비었으니까 결과적으로 나는…… 아무것도 아니야.

언니 손 아직도 안 나았어?

아직도 안 나았어. 근데 이 집 시체는 말도 하네.

그런데 왜 아직도 안 나았어?

그럴 수 있으니까. 그게 밥 먹여주는 것도 아닌데 네가 매일매일 시체놀이 하는 것처럼.

아하, 근데 나 이제 마저 죽어야 되니까 말 걸지 마, 제발.

철희는 문이 열리든 먼지바람이 불든 사람이 드나들든 말든 입구 쪽 바닥에 시체처럼 누워 있었고 손님이 실수로 밟거나 얘, 그만하고 일어나, 해도 배시시 웃는 시체처럼 누워 있었다. 말 걸면 죽는다고 으름장을 놓아서 자꾸 말 걸었다. 철희의 취미가 시체놀이였다면 철희 엄마의 취미는 맛집 오픈런이었고 악취미는 내가 못 살아, 어디서 저렇게 돼먹지 못한 애가 나왔나 몰라, 대놓고 한숨을 푹푹 내쉬는 거였다. 몸과 맘을 버려가며 겨우 착상에 성공한 아이의 사타구니에 달린 게 고추가 아니어서 그런 것만은 결코 아니라고 했다. 자기가 그 정도로 막돼먹은 사람은 아니라고 했다. 그냥 애가 좀 뭐랄까, 애 같은 맛이 없어.

나는 온조가 내어준, 곰돌이 모양 얼음 틀에 굳힌 곰돌이 모양 커피를 와작와작 깨물어 먹었다. 얼음에서는 곰돌이 맛이 아니라 커피 맛이 났다. 얼음을 씹어 먹는 게 이빨에 좋지 않다는 글을 어디선가 읽은 뒤로 얼음을 더 열심히 씹어 먹게 되었다. 언젠가 누군가에게 이런 말을 했더니 그는 이빨이 아니라 이, 사람한테는 이빨이라고 안 하지 않나? 하고 무안을 줬다. 강냉이를 털어버리고 싶었는데 이 악물고 참았다. 어느새 곰돌이는 형체를 알아볼 수 없을 정도로 녹아 있었고 나는 머지않아 완성될 양말을 만지작거리고 있었다. 손이 이 모양이라 사실 다 뜨려면 멀었지만 꿰맨 부위가 붙고 상처가 완전히 아물려면 아무래도 시간이 꽤 걸리겠지만 일단은 그랬다. 곧 양말이 될 테지만 아직 양말은 아닌 것. 곧 이별이 될 테지만 아직 이별은 아닌 것. 이제 좀 익숙해질 법도 한데 도무지 익숙해지지 않는 것.

언니, 나 너무 많이 죽었더니 배고파 죽겠어.

철희가 등과 허리와 엉덩이에 묻은 먼지를 탈탈 털어내며 말했다. 희뿌연 가루들이 내 쪽으로 불어오는 바람에 나는 목에 영혼이라도 걸린 것처럼 기침하다가 철희와 빵을 나눠 먹었다. 보기 좋게 9등분한 허니브레드였는데 위쪽에만 찔끔 칼집이 나 있고 아래쪽은 여전히 한 덩어리로 붙어 있어서 수고롭게 또 한 번 칼질을 한 뒤 먹었다. 철희처럼 곧장 다시 죽으러 갈지언정 먹은 걸 죄다 게워낼지언정 사람은 밥심으로 사니까. 내가 먹는 것들이 곧 나니까.

그래서인지 내가 온조에게 물어본 것도 고작 그런 거였다. 나 대신 그 여자를 만나서 같이 뭘 했어, 무슨 얘기를 했어가 아니라, 뭘 먹었어?

닭한마리집에 갔어.

네가 가자고 했어?

아니, 어머니가 가자고 했어.

어머니는 무슨.

어쨌든 그랬어. 닭은 사람이랑 달리 머리부터 발끝까지 버릴 데가 하나도 없다면서.

온조는 거기까지만 말하고 그날 무슨 일이 있었는지 한마디도 해주지 않았다. 내가 하지 말라고 했으니까. 뜨개방을 찾은 손님들한테는 그거 그렇게 뜨면 안 돼요, 이런 경우에는 톱다운 심리스 기법을 써야 원단도 더 짱짱해지고 이음새 없이 깔끔하게 떠져요, 사슬뜨기 할 때 그렇게 손땀이 일정하지 않으면 나중에 기둥이 죄다 틀어져요, 단호하게 딱 잘라 말했으면서 나한테는 그래 네 마음대로 해, 했다. 그럴 때마다 나는 온조가 발 없는 새 같고 내가 온조의 발 같았다. 〈아비정전〉을 몇 번이고 다시 볼 때마다 온조는 늘 똑같은 장면에서 소리 없이 울었다. 발을 잘려 평생 땅에 내려앉지 못한 채 공중을 날아다니는 새에 대한 이야기가 나오는 대목이었고, 온조는 발 없는 새가 꼭 자신 같다면서 새 모이처럼 찔끔 흐른 눈물을 훔쳤다. 그런 온조를 보며 내가 뭐라고 생각했냐면…… 배부른 소리 하네. 발 없는 새면 그래도 시체는 아니잖아. 진짜 슬프고 비참한 쪽은 발 없는 새가 아니라 새 없는 발이잖아. 닭에서 닭발을 빼면 아직 시체가 아닐 수도 있지만 닭발에서 닭을 빼면 빼도 박도 없이 시체잖아. 우리가 아무리 못 배웠어도 닭대가리여도 이 정도는 금방 계산이 서잖아. 그러니까 내 말은, 너는 언제든 나를 잘라내고 저 너머로 훨훨 날아갈 수 있잖아.

온조 씨는 햇빛과 햇볕, 햇살의 차이점을 아세요? 햇빛은 말 그대로 해의 빛이고 햇볕은 해가 내리쬐는 기운이고 햇살은 해가 내쏘는 빛살이래요.

잔뜩 우그러진 편물을 쥐고서 뜨개와 씨름하던 손님이 햇빛 같기도 햇볕 같기도 햇살 같기도 한 말투로 온조에게 말했다. 그렇구나, 몰랐어요. 온조가 미소 지었고 나는 그런 온조를 물그림자처럼 바라보았다. 온조는 어릴 때 엄마의 어깨너머로 뜨개를 배웠다고 했다. 어깨너머가 있기 위해서는 어깨가 있어야 하고 살면서 내겐 잠시나마 기댈 수 있는 어깨가 있었던 적이 없었다.

그녀에게는 있었을까?

희미하게나마 기억하기로 나의 생모는 세숫대야만 한 냄비에 푸지게 담긴 닭 요리를 메인으로 하는 함바집을 운영했다. 얼굴에 땟국물이 질질 흐르던 공사장 인부들이 우루루 몰려오는 경우가 많았는데, 나는 개중에서도 반장을 좋아했다. 〈꼬꼬마 텔레토비〉 속 뚜비처럼 피부가 까맣고 배가 불룩 나온 그는 식사를 마치고 트림을 하고 요지로 이빨을 쑤신 뒤 내게 매번 바다 건너에서 왔다는 초콜릿을 쥐여주었다. 초콜릿에서 끈적끈적한 단맛이 났다면, 뚜비는 사근사근한 맛이 아주 좋다면서 그녀를 보고 쩝쩝 입맛을 다셨다. 술에 절어 개가 된 뚜비가 난데없이 어깨를 감싸안으며 술 한번 따라봐, 노래 한번 뽑아봐, 미쓰 박, 하면 미쓰 박은 잠시 주저하는가 싶다가도 닭 비린내 나는 손에 쇠숟가락을 꽂은 녹색 술병을 들고 〈보라빛 향기〉를 불렀다. 그때 그녀는 병의 모가지 쪽을 쥐고 있었을까 몸통 쪽을 쥐고 있었을까? 날씬한 쪽을 잡으면 특수폭행이지만 뚱뚱한 쪽을 잡으면 일반폭행이라는 걸 알고 있었을까? 알아도 아무 소용 없었을까? 그러던 어느 날, 아무도 자신의 평화로운 동산을 망쳐놓을 수 없다는 걸 누구보다 잘 알고 있던 뚜비는 말했다. 그런데 미쓰 박, 이거 음식이 안 익은 것 같은데? 속살이 벌게. 평소 같았다면 살가운 웃음을 흘리며 연거푸 죄송하다고 외쳤을 테지만 그날따라 그녀는 안 익은 게 아니라 고기 속에 있는 단백질 성분이 열과 산소를 만나서 붉게 변한 거라고 받아쳤다. 웃음꽃이 만발하던 동산 위로 순식간에 먹구름이 드리웠다. 구석에서 뜨개 인형을 갖고 놀던 나는 고개를 모로 돌려 동산 위의 인형들을 바라보았다. 씨발 누가 그걸 몰라? 죄송하다고, 자존심이고 뭐고 오늘 나는 죽었다, 생각하고 그냥 손이 발이 되도록 빌면 될 걸 왜 일을 크게 만들어. 뚜비가 말했고 멀찍이서 그 광경을 보고 있던 나는 눈물을 터트렸고 미쓰 박은 이내 죄송해요, 사장님, 했다. 나는 내 귀를 의심했다. 바닥에 납작하게 엎드린 채 손이 발이 되도록 비는 그녀를 보면서 내 눈을 의심했다. 앙다문 입안에서 뜨겁고 비릿한 맛이 나는 바람에 내 혀를 의심했다. 그러나 암만 의심해 봐야 내 앞에 벌어진 그 상황은 동산을 뛰노는 색색의 인형 탈들이나 갓난아이 얼굴을 한 햇님처럼 연출된 것도 가짜도 아니었다. 만약 그 순간을 멈춰 세울 수 있는 비상 정지 버튼이 있었다면 나는 그걸 누를 수 있었을까? 아님 피범벅이 된 작업장 컨베이어벨트를 코앞에 두고 그랬던 것처럼 얼빠진 얼굴로 가만히 서 있기만 했을까? 나는 수치스러웠고, 그건 이제 사이즈가 맞지 않는 비니와 목도리와 스웨터와 양말을 제외하고 내가 그녀에게 물려받은 유일한 것이었다. 그것은 햇빛과 햇볕과 햇살처럼 시도 때도 없이 나를 상하게 만들어. 오랫동안 천천히 달궈진 아스팔트에서 피어오르는 아지랑이처럼 자꾸만 내 속을 일렁이게 만들어. 어찌할 바 모르게 만들어.

그럴 땐 최대한 손에 힘을 빼고 너슬너슬하게 떠보세요.

너슬너슬하게요?

네, 좀 헐겁게, 성글게. 바람이 솔솔 통하게, 이렇게.

편물을 넘겨받은 온조가 몸소 시범을 보이는 동안 나는 조용히 자리에서 일어나 밖으로 나섰다. 밖이지만 여전히 실내인, 바람 한 점 불지 않는 화장실 끝 칸으로 들어가 변기에 얼굴을 박았다. 내가 먹고 마셔 나를 이루고 있던 것들이 형체를 알아볼 수 없을 만큼 잘게 부수어진 채 쏟아져 나왔다.

괜찮아 언니?

어느새 죽다 살아난 철희는 유리컵에 들러붙은 컵 받침처럼 나를 끈덕지게 쫓아와서는 내 등을 두드려 주었다. 뼈와 살로 이루어진 손으로 뼈와 살로 이루어진 등을 두드려 주었다. 제 주제를 모르고 몸소 햇빛과 햇볕과 햇살이 되려 했다.

됐으니까 저리 가.

여기 있으면 안 돼?

저리 가라니까.

진짜 가?

진짜 가.

진짜 간다, 나.

어디로 가?

아무래도 그렇게 물어봤어야 했나, 하는 생각이 머릿속으로 푸드덕 날아든 건 가게 입구 바닥에도 우드슬랩 테이블 밑에도 문에 직원 외 출입 금지 스티커가 붙은 자재 창고 안에도 철희가 없다는 걸 알아챈 뒤였다. CCTV 화면에는 바닥에 잠자코 누워 있던 철희가 유리창에 머리를 박기 일보 직전인 새처럼 가게 밖으로 돌진하는 모습이 찍혀 있었다. 시체의 본분은 죽은 듯이 누워 있는 건데 두 발로 뛰쳐나간 건 명백한 직무 유기였다. 당장 전화를 걸어 철희가 사라졌다는 소식을 전하자 사장은 한창 식사 중이었는지 걔 원래 그래, 쩝쩝, 원래 그렇게 행방불명됐다가, 쩝쩝, 지 아쉬울 때 다시 나타나고 그래, 쩝쩝, 했다.

쩝, 그렇다는데 어떡하지?

뭘 어떡해. 찾으러 가봐야지.

그게 맞겠지?

혹시 어떻게 되기라도 하면 나중에 가서 우리한테 죄다 덤터기 씌울 수도 있고……. 나는 그렇게 말하려다가 응응, 그게 맞지, 했다.

철희야! 살면서 두 시간 넘도록 똑같은 이름을 불러본 적이 있었나? 아마 없을 거였다. 왜냐고 묻는다면…… 그럴 수 있었으니까. 암만 이름을 불러봤자 제 발로 나간 애가 제 발로 돌아오지 않을 거라는 걸 알면서도 우리는 입이 마르도록 철희야, 철희야, 하고 소리쳤다. 처음에는 철희야, 세 음절을 발음할 때마다 항상 야, 애, 저, 하고 불렀던 게 새삼 미안해졌다면 나중에 갈수록 한 손에 닭발을 쥐고 뼈를 똑 따고 뼈 없는 닭발을 내려놓고 다음 닭발을 쥐는 과정을 무한 반복하듯 관성적으로 이름을 부르게 되었다.

햇빛 때문에 어지러워. 나는 방긋 웃는 듯 보이는 해를 피해 천변 가장자리에 놓인 벤치로 숨어들었다. 해가 없는데도 여전히 어지러웠다. 결론은 하나. 나는 나 때문에 어지러웠다. 시간이 흐름에 따라 빛이 내리쬐는 각도가 달라지는 바람에 생물처럼 바르작거리던 그늘의 경계가 조금씩 벤치 안쪽으로 파고들고 있었다. 온조는 뭐라도 마시고 찾자면서 편의점으로 향한 뒤 양손에 이온음료를 들고 돌아왔다. 이 시려. 땀 색깔 음료를 한 모금 들이켜며 내가 말하자 온조는 옛날에는 이빨이라고 하더니 이제야 이라고 하네, 하고 미지근하게 웃어 보였다. 문득 나는 구름 위에서 우리를 내려다보는 상상을 했다. 일기예보에서는 오후 무렵 비가 온다고 했지만 구름 한 점 없이 평화로운 풍경이었다. 살에서 뼈를 발라내듯 나만 빠지면 한결 더 평화로워질 풍경이었다.

그늘 밖에 있으면 더우니까 이리로 더 붙어도 돼.

온조가 말했다.

그럼 네 살에 닿아서 더 더울 것 같아.

나도 진짜 더운데 너 생각해서 한 얘기였어.

그러니까 얇게 입고 나오지 왜 그렇게 입어서는.

그래도 네가 나를 위해 떠준 거니까.

나는 온조가 나를 위해 사 온 캔을 두 손으로 감싸 쥐었다. 너무 차가워서 그런가 오히려 뜨겁게 느껴졌다.

저 멀리 노란색 유치원복 차림으로 팔꿈치를 위아래로 움직이며 날갯짓하듯 걷는 아이들이 보였다. 병아리 짹짹 오리 꽥꽥 거위 꺽꺽. 이목구비가 앳돼 보이는 어린이집 교사의 선창에 맞춰 아이들이 일제히 울음소리를 냈다. 짹짹 꽥꽥 꺽꺽……. 주변이 온통 새소리로 가득한데 정작 새는 코빼기도 보이지 않아서 나는 못 찾겠다 꾀꼬리, 속으로 작게 외쳤다.

아무도 안 믿어주겠지만 나는 믿음직스러움과는 거리가 먼 사람이지만 살면서 딱 한 번, 나는 새가 된 적이 있었다. 어쩌면 새가 아닌 나비나 홀씨나 공중을 부우— 하고 부유하는 보푸라기일지도 몰랐다. 뙤약볕이 푸짐하게 내리꽂히는 공터에서 순간 의식을 잃었을 때였다. 햇빛인지 햇볕인지 햇살인지 모를 뜨거운 기운에 노출된 채로 허공에 부우— 떠 있던 나는 여전히 땅에 발붙이고 서서 육수를 뻘뻘 흘리고 있는 나를 잠자코 내려다보았다. 내려다본 다음 뭘 할 수 있었냐고 묻는다면, 아무것도 할 수 없었다. 너는 왜 네 귀를 의심하지 않니, 저 여자는 절대 돌아오지 않을 거야, 그렇게 빠진 코 같은 얼굴로 계속 기다린다 한들 기다림은 썩어 문드러지기만 할 거야, 너 완전히 새 될 거야, 하고 말해줄 수 없었다.

4시 반, 목을 축인 우리는 다시 천변 길을 따라 걸었다. 더웠다. 손가락을 돌돌 감싼 붕대에 땀이 배어날 정도로 살인적인 더위였다. 햇빛으로 만든 사포로 목덜미를 마구 문대는 기분이랄까. 햇볕에 지글지글 끓어오르는 아스팔트 수영장에서 헤엄치는 기분이랄까. 사방으로 뻗친 햇살을 돋보기 렌즈로 정수리의 한 점에 모은 듯한 기분이랄까. 땀이 비 오듯 흐르는 와중 머리에 불이 붙는 기분이랄까. 한마디로 불타는 물 같은 거랄까……. 철희야. 더우면 더운 대로 철희야, 하고 이름을 부르는데 눈앞에 흰 점 두 개와 누리끼리한 점 아홉 개가 나타났다. 저게 뭐지? 내가 묻기도 전에 온조는 여기 마스코트인 거위들이라고, 새끼들이 부화한 지 얼마 되지 않아 무척 귀엽다고 했다. 빛이 바래 먹이를 주지 말라는 글씨가 흐릿해진 현수막이 붙어 있었는데 사람들이 시뻘건 소스가 묻은 소시지나 튀긴 떡이나 두꺼운 설탕 코팅이 된 산사 열매를 던져주었다. 낡고 꾀죄죄한 방석 같은 모양새로 오종종하게 뭉쳐 있던 거위들이 목을 길게 빼고 기지개를 켠 뒤 그쪽으로 다가가 사이좋게 서로의 부리를 비볐다. 나는 줄 게 없어서 아무것도 주지 않았다. 그런데도 태어난 지 오래돼 귀여움과는 거리가 먼 거위 한 마리가 슬며시 다가오더니 나와 거리를 좁혔다. 얘는 경계심이 없네. 사람 무서운 줄 모르네. 철희야. 나는 걸음을 내디뎠고 그 순간 거위가 꺽, 새된 울음을 내지르며 종종걸음쳤다. 나는 미안하다고 하는 대신 거위가 제 발로 와서 발을 갖다 댔다고 오리발을 내밀었다. 그럴 수 있지. 그럴 수 없는 얼굴로 온조는 말했다.

비가 오나 봐. 코끝에 차가운 느낌이 번져 하늘을 올려다보았다. 높고 맑고 푸르른 하늘 한가운데 어디선가 떼다 붙인 것처럼 비현실적인 구름 한 점이 있었다. 그냥 있는 게 아니라 움직이고 있었다. 새보다는 느리고 한자리에 멈춰 선 우리보다는 빠른 속도로, 천천히.

있지, 그 언니도 지금 저 구름을 보고 있을까?

어떤 언니?

내가 배신한 그 언니 말이야.

배신은 무슨 놈의 배신.

온조는 당황한 듯 약간 붉어진 얼굴로 너는 그냥 네 먹고살 길 찾은 거지, 나였어도 그랬을 거야, 하고 말했다. 나는 귀를 의심했다. 죽었다 깨도 온조는 내가 될 수 없었지만 만에 하나 그럴 수 있대도…… 온조는 그러지 않았을 테니까.

왜 그날 네가 급히 광주 내려가야 되는 사정이 생겨서 그 언니한테 대타 부탁했잖아. 그 언니는 그 나이에 벌써 무릎에 인공관절을 박을 정도로 닥치는 대로 일만 했으니까 먹여 살려야 하는 식솔들이 줄줄이 소시지였으니까 거절이고 뭐고 할 처지가 못 됐고. 웃긴 게, 평소에 말 한마디 없던 사람이 그 날따라 뭘 잘못 먹었는지 난데없이 작업장 벽에 구름 모양 시트지를 붙이면 어떠냐고 그러는 거야. 밀폐된 공간에 있다 보니까 점점 밀폐된 사람이 돼가는 기분이라 죽을 맛이라고. 왜 자외선이 새어 들어오면 닭발이 상할 수도 있으니까 창문이란 창문마다 두꺼운 선팅지를 붙여놨잖아? 그땐 그냥 하는 소리인 줄 알았는데 다음 날 그 언니가 진짜로 어디서 구름 패턴 시트지를 구해 왔더라고. 멀리서 봐도 저게 구름인가 싶을 정도로 가짜 티가 팍 나는 조악한 물건이었는데 반장이 누가 허락도 없이 이런 걸 붙여놨냐면서 금방 떼버리긴 했는데 잠깐이긴 하지만 그런 거라도 붙여놓으니까 진짜 어디선가 바람이 불어오는 것 같더라고. 몸에도 마음에도 솔솔 바람이 통하는 것 같더라고.

그랬구나.

근데 말이야, 그 언니도 지금 저 구름을 보고 있을까?

비는 금방 그쳤고 비에 젖은 새들은 일제히 날아올랐다. 새들의 날갯짓에 깜짝 놀라 손에 쥔 풍선을 놓친 아이가 울음을 터뜨렸다. 듣기 싫었다. 듣기 싫었지만 들었다. 아마 저 아이도 분명 자기 울음소리가 듣기 싫을 거였다. 내 몸에서 나는 내 울음소리가 이렇게나 듣기에 거북하다니, 하고 자기 귀를 의심할 순간이 올 거였다. 부분에 대한 의심이 전체에 대한 의심으로 화르르 번질 날이 올 거였다. 저 풍경은 앞으로 아이가 겪어나갈 불행의 부분일까, 전체일까. 나는 어느새 검은 점이 된 풍선을 올려다보았다. 위로 더 위로 향하는 것들을 보면 마음이 한없이 가라앉았다. 그럴 땐 애초에 가라앉을 마음이 없다면 좋을 텐데. 마음이 제 발로 집을 나가준다면 진짜 더할 나위 없이 좋을 텐데. 몸과 마음이 일체형이라 하나만은 안 된다면 까짓거 몸까지 같이. 그런데 저 풍선이 원래 무슨 색이었더라?

철희야.

이름을 부를 필요 없이 철희는 저기 죽은 듯이 누워 있었다. 공터 가장자리에 놓인 벤치에 몸을 일자로 쭉 뻗은 자세로. 깍지 낀 두 손을 배꼽 위에 가지런히 얹고서. 죽었나? 아님 여기서도 남몰래 취미 생활을 즐기는 중인가? 가까이 다가가 보니 철희는 울고 있었다. 병아리가 짹짹 오리가 꽥꽥 거위가 꺽꺽 운다면 철희는 아무 소리도 내지 않으면서 말줄임표처럼 있는 듯 없는 듯 까맣게 흐느끼고 있었다. 뭘 잘했다고 울어? 나는 그렇게 말하는 대신 열기를 머금은 모랫바닥에 쭈그려 앉아 이 시체는 울기도 하네, 완전 시체 자격 박탈이네, 하고 웃어 보였다. 듣기 싫은 웃음소리였다.

나 지금 완전히 잘 죽어가고 있으니까 말 걸지 마.

말 걸면 죽는대서 나는 계속 말 걸었다.

그럼 너 다 죽을 때까지 언니가 옆에서 기다릴게.

기다리지 말라니까, 기다리면 죽어.

그런데 철희 너 배 안 고파? 소떡소떡 사줄까? 아님 탕후루 먹을래?

내 말에 철희가 고개를 좌우로 흔들었다.

진짜 안 먹어도 돼?

철희의 고개가 좌우로 흔들렸다.

너 그거 알아? 사람이 죽으면 귀가 제일 늦게 닫힌대.

나는 철희의 귀에다 대고 뭐라도 먹어둬야 내일 또 힘내서 죽지. 그러니까 죽기 싫으면 언니랑 가자, 하고 말했다.

뻣뻣이 굳어 있던 철희의 고개가 위아래로 흔들렸다.

나라는 사람이 한 권의 노트라면 거기엔 햇빛이나 햇볕이나 햇살이라는 단어가 한 번도 등장하지 않을 것이다. 날이 그렇게나 찜통이었는데도 그럴 것이다. 대신 초계국수라는 단어는 한 번쯤 나올 것이다. 초계국수를 끝장나게 한다는 집이 일신상의 이유로 문을 닫는 바람에 결과적으로 초계국수는 입에도 못 댔지만 그래도 어느 단락 어느 줄에 분명 그 단어가 흐릿하게나마 웅크리고 있을 것이다.

뭘 먹어야 잘 먹었다고 소문이 나려나.

언제까지고 한자리에 머물러 있을 것 같던 해가 슬그머니 자취를 감출 무렵 우리는 석양에 물든 초계국숫집 앞에서 말했다. 좋은 걸 먹자, 우리가 먹는 것이 곧 우리니까 맛있고 멋

들어진 걸 먹자, 하고서 빈속을 채우러 갔다. 아쉽게도 철희는 함께 가지 못했다. 공터에서 애를 찾았다는 소식을 전하자 철희 엄마는 자기가 분명 괜찮다고 했을 텐데 멋대로 가게를 비우면 어떡하느냐면서 소리 높였고 너무 맞는 말이어서 온조는 그저 죄송합니다, 했다. 언니들, 나는 괜찮으니까 안 먹어도 배부르니까 둘이 뜨밤 보내. 작별의 순간 철희가 내 귓가에 대고 속삭였고 순간 나는 얼굴이 홧홧하게 어두워졌다. 뜨거운 밤과 뜨개 하는 밤. 그 밤들을 무사히 보내야지만 나는 온조를 떠나보낼 수 있었다.

그날 우리가 뭘 먹었더라? 지칠 대로 지친 온조의 표정이나 시큼한 땀 냄새나 쩍쩍 갈라진 목소리는 지금도 생생한데 눈과 코와 귀가 기억하는데 이상하게 그날 뭘 먹었는지는 닭발에서 뼈만 쏙 발라낸 듯 기억나지 않았다. 다만 우리는 먹고 죽자, 하는 말을 시작으로 끝장을 볼 듯 입안에 무언가를 계속 욱여넣었다. 구운 것과 지진 것과 볶은 것과 데친 것과 찐 것과 삶은 것과 조린 것과 쑨 것과 튀긴 것과 삭힌 것을 먹었다. 맵고 짜고 달고 쓰고 신 것들을 골고루 먹었다. 그릇까지 씹어 먹을 기세로 음식을 모조리 해치운 뒤 나는 밖으로 나서며 근데 말이야, 했다.

방금 주인이 분명 우리더러 안녕히 계세요, 했지?

그랬던가?

응응. 가세요가 아니라 계세요, 했어.

온조는 더위를 먹어 약간 붉어진 얼굴로 그럴 수도 있지 뭐, 했다. 그럴 수 있긴 뭐가 그럴 수 있어. 나는 속으로만 쏘아붙였다. 우리는 한참 동안 아무 말도 하지 않았다. 온조가 그런데 내 양말은 언제쯤 떠줄 거야? 하고 침묵을 깨기 전까지는, 날이 이렇게나 더운데 두꺼운 양말 타령이나 해대기 전까지는 그랬다.

손부터 다 나아야 뭘 뜨든 말든 하지.

손은 언제 다 낫는데?

나을 때 되면 낫겠지.

내가 호 해줄 테니까 빨리 나아.

호?

응응, 호.

호 해줘서 고마워 죽겠네 아주.

자꾸 재촉해서 미안. 그냥 내가 수족냉증도 있고 하니까.

나는 온조의 손을 잡아보았다. 뜨거웠다. 너무 뜨거워서 오히려 차갑게 느껴질 정도로 뜨거웠다.

있지 인재야, 나중에 병원에 실밥 뽑으러 갈 때 내가 같이 가줄까?

녹는 실밥이라 그럴 필요 없다고 말하는 대신 나는 그래 그러자, 했다. 다음 진료 예약 날이 언제인지 꼬치꼬치 캐묻는 온조에게 기억이 안 난다고, 너무 더워서 잠깐 잊어먹은 것 같다고도 했다.

이상하지, 기억의 본분이 잊혀지는 것이라면 어떤 기억은 시간이 지나도 흐릿해지기는커녕 점점 더 선명해지면서 맡은 바 의무를 다하지 않았다. 예컨대 이런 기억 같은. 그날 집으로 돌아가던 길에 우리는 언제나처럼 시답잖은 이야기를 나누었다. 그런 대화가 밥 먹여주는 것도 아닌데 굳이 그런 대화만 골라 했다. 돌잡이 때 뭘 잡았는지부터 이제는 어른이 되었을 텔레토비의 햇님 아기가 여전히 화창한 인생을 살고 있을지 아니면 매일매일 손에 쥐어지는 실패와 씨름하다 인생을 거하게 말아먹었을지를 주제로 한참을 떠들었다. 너는 어느 쪽을 더 원하는데? 온조가 물었고 나는 침묵했다. 말할 수 없어서가 아니라 말할 필요가 없었으니까. 그것에 대해서라면 온조가 누구보다 잘 알고 있을 테니까. 인재야. 조금 뒤 무언가에 단단히 물려버린 사람의 얼굴을 한 온조는 뜬금없이 내 생모를 만나 닭한마리를 먹었던 이야기를 해주었다. 내일 먹을 메뉴 얘기를 하듯 담담하고 일상적인 투였다. 사실 나 또한 거기에 있었으므로, 햇빛을 흡수하고 물방울을 튕겨내는 우양산을 쓴 채 온조의 뒤를 졸졸 따라나섰으므로 굳이 해봐야 입만 아픈 이야기였다.

그녀는 잘 지냈냐거나 자신이 미안했다거나 그때는 피치 못할 사정이 있었다거나 하는 대신 잠자코 밥만 먹다가 여기요, 번쩍 손을 들었다. 뭐 필요하신 거 있으세요? 양손에 녹색 소주병을 그러쥔 직원이 묻자 그녀는 여기 음식이 완전히 안 익은 것 같은데…… 말끝을 흐렸다. 곧이어 직원은 그녀가 뻔히 아는 이야기를 줄줄 읊어댔다. 이게 안 익은 게 아니라 고기 속에 있는 단백질 성분이 열과 산소를 만나서 붉게 변한 거니까 안심하고 드셔도 돼요. 그녀는 테이블 위에 쇠숟가락을 탁, 하고 내려놓더니 마치 이 순간만을 기다렸다는 듯 화를 냈다. 누가 그걸 모르냐고, 죄송하다고 한마디만 하면 될 걸 손이 발이 되도록 빌면 될 걸 왜 일을 크게 만드냐고 불어난 물처럼 소리 높였다. 순간 얼굴에 후끈 열이 오르면서 수치심이 내 온몸을 감쌌다. 그녀도 이미 알고 있겠지만 그건 오래전 그녀가 내게 물려준 거의 유일한 것이었다. 재래식이었다. 죄송한 마음의 표시로 식삿값을 안 받겠다는데도 그녀는 자신이 먹은 음식만큼 꾸역꾸역 계산을 치른 뒤 엉킨 실타래를 잘라내듯 단호하게, 뒤 한 번 돌아보지 않고 온조를, 정확히는 내 탈을 쓴 온조를 떠났다. 그런데 나는 언제쯤 내 곁을 떠날 수 있을까. 내 몸이 나의 뼈와 살과 영혼이 잠깐 머물다 가는 장소라면 나는 언제쯤 나를 떠날 수 있을까. 안녕히 갈 수 있을까.

지는 해가 내뿜는 햇볕이 뜨거워서 손으로 차양을 만들자 덩달아 손등이 뜨거워졌다. 나오기 전에 냉수를 들이켜서인지 그나마 속은 차가웠다. 뒤집어서 만지게 해줄 수는 없었지만 느낄 수는 있었다. 나는 아직 내 옆에 있는 온조에게 우리

다음 주 주말엔 꼭 먹으러 가자, 했다. 실제로 먹으러 간 건 시간이 한참 지나 마침내 내가 양말 한 켤레를 건넬 수 있게 된 어느 겨울날이었지만 일단 그렇게 말했다. 그래야, 온조가 내 옆에 있어야 내가 살 수 있었으니까 그렇게 했다.

뭘 말이야?

초계국수 말이야.

갑자기 그걸 왜?

전에 네가 먹고 싶다고 그랬잖아.

내가 그랬어?

응응. 그랬어, 네가.

온조는 그랬구나, 하면서 누군가 식당 문고리에 걸어둔 개 목줄을 따라 시선을 움직였다. 고개는 그대로 둔 채 눈동자만 굴렸고, 시선이 끝나는 곳에 종을 종잡을 수 없는 개가 혓바닥을 길게 늘어뜨린 채 헥헥거리고 있었다. 쓰다듬어도 돼? 허락의 표시인지 개는 사람 무서운 줄 모르고 물불 안 가리고 마구 앵기다가 손, 하는 소리에 앞발을 내밀었다가 이내 지쳤는지 혓바닥으로 땀 같은 침을 질질 흘렸다. 날이 이렇게나 더운데 땀을 한 방울도 흘릴 수 없다니. 주제넘게도 불행해 보였다. 부분적으로나 전체적으로나 불행해 보였다. 온조는 자세를 낮춰 울이 많이 함유된 실로 뜬 편물처럼 양양해 보이는 개의 머리통을 쓰다듬었다. 그러곤 언제 그랬냐는 듯이 허리를 쭉 펴고 일어나 일회용 물티슈로 두 손을 꼼꼼히 닦아냈다. 티가 났다. 심리스가 아닌 게, 일련의 두 동작 사이에 눈에 보이지 않는 이음새가 있다는 사실이 티가 났다.

너도 필요해? 온조가 물었고 나는 사양했다. 조금 전까지 깍지를 끼고 있었을 뿐 이제껏 아무것도 쓰다듬지 않았으므로 없어도 괜찮을 것 같았다.

그런데 정말 없어도 괜찮았을까? 요즘 나는 시도 때도 없이 그해 여름에 쓴 일기를 펼쳐보곤 한다. 온조와 함께 걸었던 천변을 홀로 거니는 날이나 이제는 나와 얼추 비슷한 눈높이에서 시선을 맞출 수 있을 정도로 키가 자라난 철희와 우연히 마주쳤다가 알은체도 않고 서로를 지나치는 날이나 늦은 밤 연락도 없이 언니의 유가족을 찾아갔을 때 그들이 앞으로는 정말 오지 않아도 된다는 말과 함께 시신을 화장하고 남은 인공관절을 내 손에 쥐여준 날이나, 지난 일기를 펼쳐보면서 한때 내게 있었던 일들을 조금 더 있게 하곤 한다. 나는 일기에도 거짓말을 하는 사람이니까 거기 적힌 것이 진짜인지 아닌지 알 수 없지만 높고 높은 하늘을 올려다보듯 노트를 내려다보면 지금 이 순간과 그때 그 순간이 순식간에 뒤엉켜 버리는 기분이 들고, 그 뒤엉킴은 종종 나를 살게 한다. 심지어는 지금에 와서야 그날 못다 쓴 일기를 이어서 쓰기도 한다.

저기 저 새 좀 봐.

그날 내 앞에 선 온조는 내 어깨 너머를 가리키며 이렇게 말했을 것이다. 아니, 말했다. 거기다 대고 내가 무어라 했냐면……. 나는 곧장 뒤돌아 조금 전까지 내가 등지고 있던 풍경을 건너다보며 어디? 안 보이는데, 했다.

저기, 저기 있잖아.

저거?

응응 저거.

저게 새야?

새 같은데, 아닌가?

그런가.

나비인가?

그런가.

홀씨인가?

그런가.

보풀인가?

나는 에이 세상에 저렇게 큰 보푸라기가 어디 있어, 했다가 아니지, 나 같은 사람도 있는데 있을 수도 있지, 말을 바꿨다.

이리 온, 하고 손짓했지만 당연하게도 그것은 이리로 오지 않았다. 올 수 없었을 테니까 오지 않았다. 아쉽게 됐네. 우리는 아쉬움을 뒤로하고 떠났다. 배는 부른데 마음이 허해 집 가는 길에 있는 간판 없는 단골 식당에 들렀다. 배 터져 죽겠네 죽겠어. 나는 목 끝까지 치밀어 오른 그 말을 꿀꺽 삼켰다. 그렇게 가리지 않고 무언가를 먹고 또 먹고 먹다 토하는 동안 새인지 나비인지 홀씨인지 보푸라기인지 모를 그것은 공복인 양 텅 빈 풍경 쪽으로 훨훨 날아가 버렸다. 의심의 여지없이. 그것만이 자신의 유일한 본분인 것처럼.

생, 태양, 나, 너, 혹은……

새로부터 잘려 나간 새의 발이 흙 위에 덩그러니 남겨진 채 까맣게 오그라드는 이미지가 떠오른다. 햇살을 받으며.

누구에게나 공짜인 하루치의 햇살은 신의 선물인 것도 같지만, 그 선물의 조사량이 아량만을 뜻하는 것은 아닌 것 같다. 한 줄기의 햇살도 허락되지 않는 공장을 떠나온 인물들을 기다리고 있는 건 이제 너무 강렬한 햇빛이다. 죽은 듯 숨은 철희의 이름을 부르고 또 불러 결국은 찾아내지만, 철희의 빈 곳도 인물들의 빈 곳도 채워지는 것 같진 않다. 읽다 보면 세상사 모든 것이 신의 선물 탓인 것도 같다. 생, 태양, 나, 너, 혹은 '볕과 끝'.

누군가와 함께한다는 건 어느 땐 한여름의 뙤약볕 같아서 일단 멀어져야 살 것 같다. 하지만 그이로부터 멀어진다고 해서 평화가 찾아오는 것은 아니다. 그건 지구의 자전축처럼 인간의 마음도 묘하게 기울어져 있기 때문이겠지. 지구가 공전하며 태양과 멀어지고 나면 겨울이 기다리고 있는 것처럼, '나' 또한 예상대로 겨울에 온조와 이별하게 된다. 이제 '나'는 너무 춥겠지. 그러나 할 수 있는 건 한여름의 일기장을 추억하는 것뿐.

내내 작가가 소설 속 인물들을 비추고 있다는 생각이 들었는데, 비추고 있다고 표현한 이유는 어떤 것은 살아나게 하고 어떤 것은 썩어가게 할 거란 작정 없이, 그저 햇살처럼 그들을 바라보고 있다고 느껴졌기 때문이다. 어쩔 수 없고, '그럴 수 있다'는 태도로.

ㅇ
ㅁ

운
명

부부생활

김유나

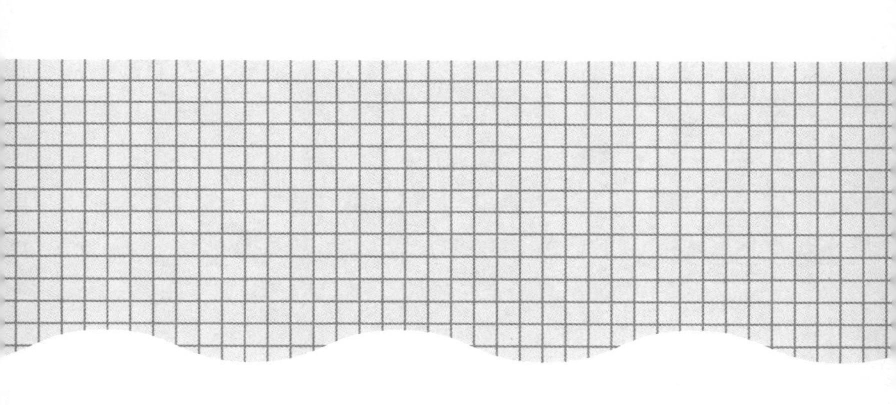

1.

그날 2021년 5월 3일. 오진희와 구영수, 마흔셋 동갑내기 커플은 법적으로 부부가 됐다. 혼인신고를 한 것이다. 두 사람은 시청에 들어가 번호표를 뽑고, 혼인신고서를 작성하고, 담당 공무원에게 신분증을 내민 뒤 미니어처 원앙 세트를 받았다.

"시에서 신혼부부에게 주는 선물이에요."

공무원은 눈도 마주치지 않고 그들에게 그것을 내밀었다. 민원실에 들어갔다 나오기까지 10분이 채 걸리지 않았다. 유리문을 열고 주차장으로 향하던 중 오진희는 어쩐지 좀 허무하지 않냐며 구영수를 쳐다보았고, 구영수는 중요한 일이라는 게 다 시시하게 끝나는 거 아니겠냐고 답했다. 그렇게 말하며 구영수는 오진희와 깍지 낀 손을 풀고 땀을 닦았다. 살랑살랑 봄바람이 불어오는 5월 초순이었지만 구영수는 무척 덥게 느껴졌다. 코로나 탓에 야외에서도 마스크를 끼고 있어야 했기 때문일 수도, 긴장했기 때문일 수도 있었다. 구청에 들어서기 직전까지도 구영수는 혼인신고에 회의적이었다. 하지 말자는 게 아니라 나중에 해도 된다는 거였다. 부를 사람도 오겠다는 사람도 없을 테니 예식은 생략한다고 하더라도, 오진희와 반지라도 나눠 끼고 근사한 곳에서 밥이라도 먹는 의식을 치르는 게 먼저일 것 같았다. 게다가…… 오늘은 큰일을 앞두고 있는데. 그런 일을 앞두고 공공기관에 들락거리는 것이 어쩐지 꺼림칙했다. 하지만 오진희는 일을 하는 중에 환자를 다치게 할 수 있어 반지를 낄 수 없으며 외식을 좋아하지 않는다고 받아쳤고, 무엇보다 큰일을 치르기 전에 혼인신고를 하고 싶다고 말했다. 큰일. 오진희에게 그것은 두 사람이 한마음이 되었다는 의미였다.

"혹시 나를 못 믿어서 그랬던 거야?"

운전석 문을 열며 구영수가 물었고,

"나를 못 믿는 거야."

조수석 문을 열며 오진희가 장난스레 답했다.

구영수는 오진희가 원하는 것이라면 그게 뭐든 해주고 싶었다. 일상의 자잘한 일들. 아이스크림을 사다 달라거나 설거지를 해달라거나 커피를 타달라는 부탁 같은 것들. 달리 생각해 보면 혼인신고 역시 구영수가 해줄 수 있는 것이었고, 어려운 일도 아니었다. 하지만 사랑한다는 건 해주는 것이 아니라 함께 하는 것이었다. 한마음. 한뜻. 은행을 털러 가는 일은 그런 의미에서 사랑의 연장선이자 영원한 결속이었다. 구영수는 위가 단단하게 굳어 움직이지 않는 것 같은 느낌을 받으며 시동을 걸었다. 안전벨트를 매면서 오진희가 웃고 있었다. 이제 막 부부가 된 두 사람은 구청 정문을 빠져나갔다.

2.

구영수는 국어, 영어 과목의 보습학원 원장으로, 3년 전 신도시 아파트 앞에 있는 신축 상가 건물 한 호실을 얻어 사업을 시작했다. 홀어머니가 뇌졸중으로 쓰러지며 받은 보험금이 보증금이 되어주었다. 학원의 작은 강의실 두 칸은 고용한 강사 두 명이 사용했다. 강사에게 공간을 내어주는 대신 시설 점검부터 청소까지 담당하게 했다. 구영수는 데스크 안쪽의 비는 공간에 책상과 칠판을 놓고 국어 과목을 가르쳤다. 수업이 없는 시간엔 그곳에 아이들을 앉혀놓고 논술 지도를 했다. 등록을 하려고 들른 학부모들이 문을 열자마자 강의실이 노출되는 모습에 가끔 놀라긴 했지만, 구영수는 개의치 않고 수업을 했다. 그것만큼 좋은 홍보가 없었다. 원장이 강의하는 모습을 직관하게 하는 것.

이리저리 머리를 굴려도 학생은 서른 명에서 좀처럼 늘지 않았다. 월세와 관리비를 내고, 강사들의 급여를 주고 나면 구영수에겐 겨우 숨만 쉬고 살 수 있을 정도의 돈이 남았다. 그래도 구영수는 자신이 옳았다고 생각했다. 기다림은 개인 사업자에게 더없이 중요한 덕목이며, 자신은 그 덕목을 행하고 있다고. 호재를 맞은 건 이듬해 여름이었다. 인근에 지어지던 중학교가 완공을 마치며 학생들의 전학과 입학이 시작된 것이었다.

'내가 맞았어.'

예상했던 호재였다. 학생이 빠르게 늘었다. 구영수는 미리 접촉하고 있던 갓 졸업한 서울대 문리대생 두 명을 추가로 고용했다. 그리고 같은 건물 수학 학원 원장을 설득해 학원을 통합했다. 공실인 옆 호실 두 칸을 사들여 인근 단지 내에서 가장 큰 국, 영, 수 보습학원을 만들었다. 학생 수 160명. 동네 규모에선 기록적인 숫자였다. 구영수는 선행학습을 담당할 영어 강사 두 명을 더 고용했다. 승부는 규모에서 난다는 것이 구영수의 생각이었다. 사업을 확장시키는 와중에도 구영수는 강의를 놓지 않았다. 구영수에게 강의는 사업가적 가치가 아닌 정신적 가치였다. 아이들에게 문제를 맞히는 법을 가르치는 동시에 인생을 통찰할 답지를 주는 것. 구영수가 생각하기에 인생의 진리는 윤리 과목이나 도덕 과목이 아닌 국어 과목에 있었다. 수능 국어 영역 점수를 높이는 데에 애를 먹는 이유도 그 진리를 모르기 때문이라고 구영수는 생각했다. 구영수가 생각하는 진리의 핵심은 논리의 전개 방식에 있었다.

"얘들아. 국어는 문학이 다가 아니다. 비문학 파트의 과학 지문, 법률 지문. 이게 고득점의 핵심인 이유가 있어. 국문으로 쓰여 있지만 논리를 전개하는 구조 자체가 다르거든. 사람이 다 똑같은 사람처럼 보여도 판사와 살인자는 다르지? 그게 다 인생을 전개하는 구조가 다르기 때문이야. 구조를 분석하는 이해도를 높이지? 문제도 사람 속도 훤히 보일걸?"

구영수는 자신의 비유에 전율을 느끼며 비문학 교재를 펼쳤다. 근데요, 하며 최상위권 여학생이 손을 들었다.

"판사가 살인을 저지르면요?"

쓸데없는 질문이라는 생각에 구영수는 자기도 모르게 인상을 찌푸렸다.

"그런 예외적 구조는 윤리 시간에 배워라."

구영수의 인생에 그런 예외적인 일은 일어나지 않았다. 구조적으로 비슷하지 않다고 판단한 사람과는 말도 섞지 않았으니까. 구영수는 그렇게 살아온 자신이 좋았다. 흔들리지 않고 똑바로 가는 인생. 스스로의 판단력에 감탄하는 나날들.

자기 자신이 마음에 든다고 해서 구영수의 인생이 편키만

한 건 아니었다. 자정이 가까운 시간에 집으로 돌아오면 구영수는 녹초가 됐다. 입에서 단내가 올라오고 몸에서 쉰내가 풍겼지만 씻을 기운이 없었다. 가방 속에는 늘 읽고 피드백을 적어야 하는 논술 시험지가 들어 있었다. 다른 강사에게 맡길 수도 있었지만 글을 읽는 것에는 고집이 있었다. 위경련이 와 몇 차례 응급실에 갔고, 점심을 먹다가 학부모의 전화를 받으면 식사는 그대로 끝이 났다. 잠은 늘 부족했다. 그래서 어머니가 돌아가셨다는 연락을 받고 경기도 외곽의 병원으로 가는 택시 안에서도 구영수는 슬퍼하다 말고 깜빡 잠이 들었다. 꿈속에서 어머니가 옥색 한복을 입고 허겁지겁 홍시를 먹고 있었다. 왜 그리 급히 드세요? 구영수가 묻자, 어머니가 되물었다. 왜, 내가 창피하냐? 구영수는 아무에게도 들키지 않았다고 생각했던 젊은 시절의 어떤 마음이 떠올랐다. 어머니를 향해 잘못했다고 빌었다. 그러자 어머니가 구영수에게 얼굴을 들이밀고 말했다. 자, 너 같은 놈한테 딱 어울리는 선물을 하나 주마.

잠에서 깨어난 구영수는 꿈에서 받은 선물이 무엇인지 도통 기억이 나지 않아 고개를 갸웃거렸다. 병원 앞에 차를 세운 기사가 5000원을 깎아주었다. 이게 선물인가. 구영수는 생각했으나 아니었다. 선물은 병실에 있었다. 받자마자 알 수 있었다.

원장의 안내에 따라 병실로 들어가 커튼을 걷자, 보호자 침

상에 한 여자가 앉아 있었다. 어머니의 손을 주무르고 있는 허망한 표정의 여자는 그날 아침까지 어머니를 보살핀 요양보호사라고 했다. 여자의 옆에 먹다 만 사과와 과도가 놓여 있었다.

"왜 이렇게 늦으셨어요."

오진희. 구영수는 요양보호사의 명찰에 적힌 이름을 확인했다. 그게 오진희의 첫마디였다. 곁에 있던 원장은 오진희의 말이 무례하다 느꼈는지, 안타까운 마음에서 하는 소리일 거라며 구영수를 얼렀다. 구영수는 기분 나쁘지 않았다. 고맙고 미안했다. 보지 않아도 저 여자가 자신의 어머니를 어떤 마음으로 돌봤을지 알 수 있었다. 그런 사람만이 할 수 있는 원망 가득한 소리였다.

"미안합니다."

구영수가 말했다. 그러곤 이미 숨이 끊어진 어머니의 아직 따듯한 손을 붙잡았다. 그제야 눈물이 나오기 시작했다. 구영수는 어머니의 죽음보다도, 자식이 어머니의 따듯한 손이라도 한번 잡고 갔으면 싶어 주무르고 또 주물렀을 오진희의 마음이 느껴져 더 슬펐다. 요양병원에 어머니를 방치하고 명절에도 찾아뵙지 않은 자신이 얼마나 나쁜 자식인지 그제야 깨달은 것이었다.

구영수 어머니의 장례가 끝난 뒤, 두 사람은 빠르게 가까워졌다. 구영수의 적극적인 구애였다. 구영수는 쉬는 날이면 오진희의 집 근처로 가 그녀를 불러냈다. 비가 와요, 잎이 떨어졌네요, 하면서. 구영수는 오진희가 얼마나 대단한 일을 하는지 칭송했다. 그건 오진희를 꼬드기려 하는 말이 아니라 마음에서 우러나온 존경이었다. 인간이라면 해야 할 마땅한 도리이나 현대인에겐 버거운 도리. 하루에도 수십 명분의 도리를 대신 행하는 오진희의 직업은 돈으로 치환할 수 있는 것이 아니라고 생각했으니까. 그런 구영수의 찬사에 오진희는 의아한 듯 고개를 갸웃거리다, 이내 슬며시 웃었다.

"웃을 때 왜 입을 가려요?"

구영수가 물었다.

"제가 웃을 때 잇몸이 보여서, 안 예쁘다고들 하더라고요."

그렇게 말하며 오진희가 고개를 푹 숙였다.

"아니, 누가 그래요? 진희 씨가 활짝 웃는 게 얼마나 예쁜데."

훗날, 오진희는 아파트 산책로에서 구영수에게 말했다.

"그거 아세요? 저 영수 씨 앞에서는 입을 안 가리고 웃어요."

구영수는 오진희를 지긋이 바라보았다. 그런 구영수의 마음을 아는지 모르는지, 오진희는 땅을 보며 말을 이었다.

"저도 최근에야 알았어요. 제가 그런다는 걸."

두 사람은 만난 지 두 달 만에 동거를 시작했다. 구영수가 쉬는 날은 월요일 하루뿐이었고, 월요일에 오진희가 근무를 하거나 일요일에 야간 근무라도 하게 되면 두 사람은 만날 수 없었다. 그런 날엔 애가 끓고 속이 탔기에, 구영수는 뭐든 천천히 하는 것이 옳다고 믿었던 가치관을 버리고 함께 살자고 말해버렸다. 오진희도 좋다고 했다. 그다음 주 일요일에 구영수는 1톤 트럭에 반도 차지 않은 짐을 가지고 오진희의 아파트로 들어갔다. 오진희의 집은 비록 대출이 70퍼센트지만 18평 자가였고 구영수의 집은 월세라 그편이 합리적이었다. 학원과 멀어져 자차로 한 시간 거리를 출퇴근해야 했지만, 구영수는 아무렴 상관없었다. 오진희와 함께할 수 있었으니까.

"신기하지 않아?"

어느 날 오진희가 물었을 때 구영수는 무엇이? 하는 표정으로 바라보았다. 오진희는 베개를 베고 모로 누운 채 구영수를 쳐다보며 말을 이었다.

"나는 당신을 모른 채로 당신 어머니부터 만났고, 당신은 어머니를 잃은 날 나를 만났잖아. 그런 점이 신기하지. 꼭 어머니가 주신 선물 같아서."

선물이라. 구영수는 희미하게 미소 지으며 답했다.

"운명이라고밖엔 설명할 수 없지."

운명, 오진희는 눈을 끔뻑이며 구영수의 말을 경청했다.

"내가 신기한 건 다른 거야. 당신을 만난 순간 나는 중요한 걸 잊고 살아왔다는 걸 대번에 알았어. 돈을 많이 벌어서 어머니를 더 좋은 곳으로 모시겠다고 다짐해 놓고, 정작 어머니를 만나러 가진 않았던 거지. 당신한테 듣기 전까지 나는 어머니가 만성 변비에 시달린다는 것도 몰랐어. 그때 배운 건, 소중한 사람을 만나려면 노력해야 한다는 거야. 그 노력이란 건 더 가지려고 노력하는 게 아니라, 가진 걸 포기해야 하는 거였어. 그런 의미에서 당신이 마음을 다 해서 노인분들을 돌보는 건……."

드르렁, 하는 소리가 들려 바라보니 오진희는 입을 반쯤 벌린 채 잠들어 있었다.

사실, 오진희는 구영수가 원하던 신붓감은 아니었다. 구영수가 그려왔던 신붓감은 고학력에 번듯한 직업을 가졌으며 화목한 가정에서 나고 자란 밝고 아름다운 여성이었다. 구영수는 자신은 그런 여성과 결혼할 거라고 근거 없이 믿어왔다. 그러나 자신이 바라왔던 신붓감과 정반대인 오진희를 만나 사랑에 빠지며 구영수의 가치관은 무너졌다. 입에 올리기 부끄러운 세속적인 가치관을 오진희라는 여자가 산산이 부숴 준 것이다. 구영수는 욕망을 버린 자신이 자유롭다 못해 아름답게까지 느껴졌다. 마음씨 고운 오진희와 함께라면 어떤 어려움도 헤쳐나갈 수 있을 것 같았다.

'결국엔 내가 맞았어.'

가치관이 박살 났지만 삶은 더 좋은 방향으로 가고 있다는 생각에 구영수는 만족스러웠다. 자신의 옆에, 무슨 좋은 꿈을 꾸고 있는지 빙그레 미소 지으며 잠든 오진희가 있었다. 구영수는 저 미소가 자신을 옳은 방향으로 인도하는 거라고 생각했다. 이제 오진희는 세상에 혈혈단신 홀로 남겨진 구영수의 이마에 빨갛고 커다란 동그라미를 힘 있게 그려 넣을 수 있는 유일한 사람이었다.

"원장님, 연애하시죠?"

영어 강사가 물었다.

"잘생겨지셨어."

또 다른 영어 강사가 말했다.

"얼굴에서 광채가 나세요."

타이핑을 하던 대학생 알바생도 거들었다.

구영수는 쑥스럽게 웃으며 자리를 피했다.

그즈음 정말로 구영수의 얼굴엔 속에서부터 올라오는 윤기가 돌고 있었다. 오진희가 차려주는 아침밥과 저녁밥이 있었고, 온기가 있는 집이 있었고, 섬유유연제 냄새가 진동하는 셔츠가 있었고, 포근한 이불 속에서 살결을 맞대고 잠드는 나날이 있었다. 오진희는 구영수가 살면서 한 번도 가져보지 못했던 것을 주었다. 안정감. 그리고 안정감에서 오는 불안감. 더 잘살고 싶고 더 행복하게 살고 싶다는 욕심. 구영수의 그런 마음에 응답이라도 하듯 원생이 늘었고, 학부모의 만족도는 높았고, 주변 보습학원 세 곳이 문을 닫았다. 일주일에 사흘을 쉬게 되었으나 구영수가 버는 돈은 훨씬 많아졌다.

그러던 어느 아침, 오진희의 요청으로 음식물쓰레기를 버리고 출근하던 구영수는 불쾌한 냄새를 맡으며 문득 생각하게 되었다.

'내가 이걸 왜 해야 하지?'

구영수는 자신이 생활비 명목으로 오진희에게 주는 돈의 액수를 떠올렸다. 그럼에도 자신이 퇴근하여 빨래를 개고 주말에 종종 설거지를 하고 오진희가 저녁 근무를 하는 날엔 청소기까지 돌리는 것이 과연 이치에 맞는 일인지 따져보게 된 것이었다. 한번 시작된 불만은 하루 종일 구영수를 따라다녔다. 오진희가 돌보는 노인들 중엔 할아버지도 있을 것이라는 점이 마음에 들지 않았다. 요양보호사를 성추행하는 노인이 있다는 기사를 본 것이 떠올랐다. 문득 오진희의 무람없는 미소가 불쾌해졌다. 얼마나 번다고 추한 꼴을 보려고 할까. 차라리 집안일을 전담하는 게 낫지. 애도 없으니 힘들 것도 없는데. 구영수는 얼마의 생활비를 줘야 적당할지 고민했다. 300은 너무 많고, 100은 너무 적으니 우선 150을 불렀다가 200으로 조정하는 방향을 생각해 봐야겠다고 답도 내렸다.

그날 저녁, 구영수는 밥을 먹은 뒤 소파에 누워 핸드폰 게임을 했다. 쉬는 날이 늘며 생긴 취미였다. 아이템 거래로 돈을 벌 수도 있으니 막연한 시간 때우기만은 아니라고 구영수는 생각했다.

"영수야. 건조대에 빨래 말랐어?"

구영수는 건조대에 널린 빨래를 쳐다보지도 않았다. 대꾸도 하지 않았다.

"말랐어?"

핸드폰 화면에 '지금부터 아이템 두 배'라는 배너가 떴다. 아이템이 두 배이니 조금만 더 화면을 터치하면 레벨업도 금방이었다.

"글쎄."

"글쎄?"

설거지를 하던 오진희가 수전을 잠갔다.

"말랐는지 확인 좀 해달라니까?"

구영수의 캐릭터 옆에서 얼쩡거리던 놈이 갑옷 아이템을 주워 먹었다.

"아이 씨, 진짜. 피곤해 죽겠는데."

구영수는 갑옷을 훔쳐 간 놈을 향해 캐릭터를 움직이며 말했다. 그사이 오진희가 고무장갑을 벗고 구영수가 누워 있는 소파 가까이로 다가오는 것이 느껴졌다.

"진희 너 그냥 일을 관두는 게 어때?"

"왜?"

오진희의 목소리는 낮고 굵었다. 구영수는 그때부터 자신의 태도가 잘못됐다는 것을 알았다. 하지만 어떤 마음에서인지 그 태도를 유지하고 싶었다.

"그거 해서 얼마나 번다고 그 고생을 해. 앞으로 집에서 살림을 전담해. 나도 쉬고, 너도 쉬고. 그게 편하잖아."

구영수는 나오는 대로 말하고 있었다.

"그거 내려놓고 나 좀 볼래?"

오진희가 구영수를 향해 걸음을 뗐다.

"그냥 말해. 귀는 열려 있잖아."

그런 다음, 모든 일이 순식간이었다. 오진희가 구영수의 손에서 핸드폰을 빼앗아 벽에 던졌고, 구영수는 뭐 하는 짓이냐고 소리쳤고, 오진희는 핸드폰을 줍기 위해 허리를 숙인 구영수를 발로 찼고, 구영수는 넘어졌다. 일어난 구영수는 오진희를 세게 밀쳤다. 오진희의 머리가 장롱에 부딪쳤다. 오진희는 아랑곳하지 않고 일어나 구영수의 핸드폰을 또 한번 벽에 던져 완전히 작살냈다. 구영수는 오진희의 머리채를 잡고 가슴께를 때렸다.

정신을 차린 뒤 구영수는 오진희의 앞에서 무릎을 꿇고 빌었다. 오진희는 고요 속에서 고개를 떨구고 한참을 서 있다가 안방으로 들어갔다.

다음 날, 오진희는 집 비밀번호를 바꾸진 않았다. 구영수는 현관을 열며 그 아량에 감탄하는 동시에 그럼 그렇지, 하고 안심했다. 그러나 옷을 벗어 빨래 통에 넣기 위해 세탁실로 들어갔을 때, 구영수는 오진희가 자신의 옷만 골라 세탁실 바닥에 부려놓은 것을 발견했다. 그다음 날엔 자신이 점심에

끓여 먹고 나간 라면 그릇을 설거지하지 않은 것을 발견했다. 오진희는 더는 저녁을 차리지 않았고, 패드와 요를 반으로 접어 1인용으로 만든 뒤 홀로 잠들었다. 구영수의 베개만이 구영수가 잘못을 저지른 바로 그곳, 거실 장롱 앞에 덩그러니 세워져 있었다.

"원장님, 담배 다시 피우세요?"

영어 강사가 물었다.

"스트레스가 심하신가? 애들 시험도 끝났는데 여행이라도 다녀오세요."

또 다른 영어 강사가 말했다.

"무슨 일 있으신 건 아니죠?"

채점을 하던 대학생 아르바이트생이 거들었다.

일곱 명의 강사와 두 명의 아르바이트생은 구영수의 안색을 살폈지만 누구도 맥주 한잔하자고 말하지 않았다. 구영수는 착잡한 마음으로 집으로 돌아갔다. 복잡한 마음이 들었지만 정리하자면 결론은 하나였다. 오진희가 자신을 떠나지 않는 것. 자신의 곁에 있어주는 것. 어머니의 선물로, 자신의 존재를 빛나게 하는 사람으로, 안식처로, 착하고 불쌍한 사람으로. 그러려면……. 구영수는 옷을 벗고 씻으러 욕실에 들어갔다. 그리고 자신의 칫솔이 사라졌음을 알게 됐다.

칫솔이 쓰레기통에 처박힌 날, 구영수는 오진희 앞에 무릎을 꿇고 눈물을 흘리고 말았다. 집을 나갈 수도 있었다. 더럽고 치사해서 다 끝낼 수도 있었다. 집을 구하고 새로운 사람을 만날 돈과 시간도 있었다. 그러나 구영수는 오진희를 사랑했다. 오진희여야만 했다. 오진희 옆에 있고 싶었다. 구영수는 앞으로 아무것도 요구하지 않겠다고 빌었다. 게임도 이미 삭제했으며 자신이 오만했다고 빌었다. 오진희에게 앞으로 원하는 대로 살아도 좋으니 자신을 무시하지 말라고만 했다. 무시하고 싶으면 무시해도 좋으니 버리지만 말아 달라고 했다. 구영수는 고개를 들어 오진희의 표정을 확인했다. 오진희는 눈썹 하나 꿈틀거리지 않고 핸드폰에 시선을 고정한 채 구영수에게 물었다.

"그런데 너, 왜 나한테 사과하는 거야? 우린 같이 했잖아."

오진희가 손에 든 핸드폰을 흔든 뒤 허공에 슬쩍 발길질 하는 시늉을 했다. 구영수는 그…… 하며 머뭇거렸다. 구영수를 바라보는 오진희의 새카만 동공이 핸드폰 빛을 받아 깊이 반짝이고 있었다. 속을 꿰뚫는 눈. 구영수가 켜켜이 숨겨둔 두려움을 드러내게 하는 눈. 구영수가 침을 삼키자 오진희가 부드럽게 웃었다. 순간 구영수는 전부 들킨 느낌이었다. 폭력적인 여자를 사랑한 사람이 되느니, 착한 여자를 폭행한 남자가 되는 것이 낫다고 생각했던 속내를. 전자엔 답이 없었지만 후자엔 답이 있었다. 유교 사상, 가부장제, 남성의 물리력, 기타 등등의 무수히 많은 사례들. 구영수는 오진희에게 맞은 골반에 시퍼렇게 멍이 든 것도, 부서진 핸드폰도 모두 자신의 잘못이라고 생각하는 편이 덜 두려웠다.

"아직 화가 풀린 건 아니야. 좀 나가줄래?"

오진희가 구영수의 장단을 맞춰주듯 말했기에 구영수는 다시 잘못을 저지른 사람의 표정을 지을 수 있었다. 역시 자신이 옳았다고 생각하면서 터덜터덜 방문을 열고 나설 수 있었다.

사흘 뒤, 구영수가 집으로 돌아왔을 땐 식탁 위에 김치찌개와 고봉밥 두 그릇이 놓여 있었다. 구영수는 슬금슬금 눈치를 보며 손을 씻고 나왔다.

"먹어도 돼?"

오진희의 짧은 끄덕임에 구영수는 식사를 시작했다.

저녁을 먹은 뒤, 샤워를 하고 나온 구영수는 안방 문틈으로 빼꼼 고개를 들이밀었다. 구영수를 발견한 오진희가 이리 오라는 듯 옆자리를 두드렸다. 구영수는 자신에게 주어진 기회를 결코 당연하게 생각하지 않는다는 의미를 담아 요 위에 무릎을 꿇고 앉았다.

"난 일을 관두지 않아. 두 번 다시 묻지 마. 그리고 이제부터 너도 집안일을 해. 내가 시키는 걸 하면 돼. 그게 싫으면, 내 인생에서 꺼져."

"열심히 할게."

구영수는 자기도 모르게 오진희의 무릎을 붙잡고 고개를

숙였다.

“그리고 다시 한번 날 패면, 넌 자다가 죽을 거야.”

이미 몇 번 봐준 거라며 오진희가 장난스레 웃었다. 구영수는 그 순간 오진희의 미소에서 싸늘함을 느꼈다. 참 이상한 여자다, 하는 생각이 스쳤지만, 내색하지 않은 채 오진희를 따라 웃었다. 그보다 더 큰 생각이 구영수를 압도하고 있었기 때문이었다.

‘내가 맞았어.’

구영수는 오진희가 자신을 용서해 줄 거란 걸 알고 있었다. 자신이 오진희를 사랑하는 만큼, 오진희도 자신을 사랑하고 있었으니까. 그건 말로 하지 않아도 느껴지는 것이었다.

3.

확진자, 라는 말이 구영수는 멀리 있는 무언가라고 생각했다.

처음엔 우한 폐렴이라고 했다. 폐렴? 그런 건 면역력 약한 노인들이나 걸리는 거 아닌가. 오진희는 아니라고 했다. 현대인의 면역력은 상상 이상으로 약하며, 병이라는 건 누구나 걸릴 수 있으니 수업할 때 마스크를 꼭 쓰라고 했다. 확진자가 삽시간에 불어났다. 우한 폐렴은 코로나바이러스라는 새 이름을 얻었다. 무언가와 무언가가 결합해 변종 바이러스가 탄생한 거라는데, 듣는 것만으로도 심란해 구영수는 별로 알고 싶지 않았다.

병원에서 일하는 오진희 덕에 두 사람은 전국적으로 동이 난 마스크를 쟁여놓고 쓸 수 있었다. 그게 유일하게 다행인 점이었다.

구영수는 얼마 지나지 않아 정부 지침에 노심초사하느라 불면증에 시달리게 되었다. 대면 수업 금지가 연장되고, 연장되고, 또 연장됐다. 길거리에 돌아다니는 사람들이 전부 악마처럼 느껴졌다. 집구석에 좀 박혀 있으라니까. 제발 확진자 수 좀 줄이자니까. 처음엔 집합 금지 인원수로 인한 강의실 배정이 문제였다. 확진자가 세 자릿수를 찍으며 원생은 3분의 1로 줄었다. 강사를 자른다고 잘랐지만 전부 정리할 수는 없었다. 언제고 정부 지침이 바뀌어 다시 수업을 개시할 수 있을 것만 같았고, 다시 돌아갈 수 있을 것만 같았다.

구영수는 6개월째에 결단을 내려야만 했다. 한 층에 세 개 호실을 쓰던 학원의 규모를 줄인 것이다. 규모는 개원 초창기로 돌아갔지만 상황은 그때와 비교할 수 없을 만큼 처참했다. 무리하게 대출을 해 사들인 6층 호실은 매매는커녕 월세로조차 들어오려는 사람이 없었고, 그 와중에도 은행 대출이자는 재깍 빠져나갔다. 구영수가 가진 모든 것이 빠져나가고 있었다. 오직 오진희만이 빈털터리가 된 구영수의 곁에서 힘을 내라고 말해주었다. 기침을 하면서.

"왜 기침을 해?"

"혹시?"

새벽녘, 오진희는 온몸을 사시나무 떨듯 떨었다. 구영수는 서랍에서 체온계를 꺼내 오진희의 귓속 체온을 쟀다. 40도. 코로나 의심 신고를 마친 구영수는 마스크를 꺼내 쓰곤 해열제를 찾아 오진희에게 먹였다. 오진희는 알약을 먹은 지 5분도 되지 않아 전부 토해냈다. 안 돼. 안 돼. 구영수는 해열제를 한 알 더 까 오진희에게 먹이고, 찬 수건으로 오진희의 몸을 닦았다. 체온이 40도 아래로 떨어지지 않았다. 구영수는 119에 전화를 걸었다. 구급대원이 열 경기를 일으킨 오진희를 진공포장 팩 같은 것에 넣어 이송해 갔다. 확진 의심자인 구영수는 격리실로 사용되는 인근 대학교 기숙사로 옮겨졌다.

곧 요양병원에서 일하는 A 씨가 알 수 없는 경로로 감염됐다는 뉴스가 나왔다.

한 달 만에 다시 만난 두 사람은 애틋함을 느끼기도 전에 현실을 마주했다.

구영수는 학원 문을 닫았다. 미래가치를 생각하고 무리하게 학원을 확장했던 터라 버틸 자본이 없었다. '자영업자를 위한 코로나 긴급대출'이 마지막 희망이었으나 이미 너무 많은 대출금이 있어 자격이 되지 않았다.

오진희는 4년을 근무한 샘빛 요양병원에서 잘렸다. 자를 거면 실업급여라도 받게 계약기간 만료로 인한 퇴사로 처리해 달라고 했으나, 원장은 구상권 청구를 하지 않는 것을 다행으로 알라고 했다. 오진희는 일터와 집밖에 모르는 사람이었다. 어르신을 만지기 전엔 반드시 손을 소독해 오진희가 돌본 노인들 중 누구도 코로나에 감염되지 않았다. 오진희가 노동청에 신고를 하겠다고 나선 뒤에야 원장은 오진희의 말대로 해주었다. 실업급여를 받는 중에도 오진희는 이력서를 넣었다. 한 군데서도 연락이 없었다. 정부지원금은 요양병원의 중요한 수입이었다. 정부는 요양병원의 고용이 유지되거나 늘지 않으면 지원금 액수를 줄이거나 가산점을 주지 않았다. 오진희는 업계에서 '찍힌' 것이었다. 재가요양보호센터에 다니기 시작했지만 정부의 '노인 일자리 지원사업' 때문에 젊은 오진희에겐 일거리가 몇 개 떨어지지 않았다.

"사명감으로 일하는 사람한테 정말 너무하네."

구영수는 오진희의 얘길 듣고 화가 나 그렇게 말했다. 찬장을 열어 그릇을 정리하던 오진희가 고개를 갸웃거렸다. 오진희의 반응을 눈치채지 못한 구영수는 식탁에 앉아 아이스크림을 퍼먹으며 흥분한 채 말을 이었다.

"너는 어머니 돌아가셨을 때도 눈물을 흘리면서 손을 주무른 사람이야. 요새 그런 사람이 둘이 있어 셋이 있어? 면역력 약한 노인들 위해서 위생은 좀 끔찍하게 생각해? 난 알아. 처음 봤을 때부터 딱 알았어. 보호자한테 왜 그렇게 늦게 왔냐고 핀잔할 때……."

"그건 퇴근하고 싶어서 그랬지."

찬장을 열어 그릇을 정리하던 오진희가 말을 끊었다.

어…… 하고 구영수가 멈칫했다.

"배고파 죽겠는데 네가 너무 늦잖아. 환자 사망 시엔 보호자 인계가 끝나야 내 일이 끝난단 말이야. 그래도 어머님이라서 괜찮았어. 친했으니까."

어어……. 구영수는 오진희의 뒷모습을 바라보았다. 오진희는 무용하듯 까치발을 들고 왼팔을 길게 뻗어 왼쪽 찬장에서 접시 하나를 우아하게 빼냈다.

"위생은, 나를 위함이기도 하지. 요양병원도 병원이니까? 병원엔 균이 많아."

이가 나간 접시를 바라보던 오진희가 잠시 고민하다 접시를 다시 찬장에 원위치시키며 물었다.

"영수 너는 학생이 자식 같아서 가르치는 일을 시작했어?"

벙찐 구영수가 입을 열었다.

"그건 아니지만, 가끔은 자식 같기도 하던데."

"나도 그래. 가끔은 부모님 같아. 근데 일이란 게 다 그런 거 아니야? 각자의 사정에서 할 일을 하는 거지. 내가 대통령도 아니고 사명감은 무슨."

그 순간, 녹아가는 아이스크림을 앞에 둔 구영수의 가슴속에 깊은 실망과 함께 불안이 스쳤다. 그것과 그것이 어떻게 연결되는지는 모르겠으나, 오진희가 환자를 떠나듯 자신을 떠나버리는, 일을 하듯 사랑을 하는 무심한 모습이 그려졌다. 구영수는 자기 앞의 불안을 해결하고 싶었다. 오진희가 떠나지 못하게 독점하는 동시에 오진희로부터 독점당하고 싶었다. 기회는 올 것이다. 아니, 만들 것이다. 구영수는 그렇게 생각하며 성큼성큼 걸어가 오진희를 와락 껴안았다.

독점의 기회는 구영수가 생각하지 못한 방식으로 왔다.

두 사람이 뉴스를 틀어놓고 말없이 식사를 하던 어느 저녁이었다. 경기도 모처의 K은행에서 임직원의 서류 조작으로 인한 대출 사기 사건이 발생했다는 아나운서의 목소리가 들려왔다. 공교롭게도 그날 낮, 오진희는 주택담보대출 원금 상환일을 앞두고 원금상환유예 심사를 위해 온종일 서류를 떼러 다녔다. 오진희는 젓가락을 든 채 뉴스 화면을 뚫어져라 바라보았다. 구영수도 고개를 꺾어 티브이를 보았다.

부동산 PF 부실로 인한 대규모 뱅크런

금융사고와 임직원 비리까지, 불신 커져

뉴스 화면 자막을 보던 구영수가 말했다.

"그래도 잘 먹고 잘 살겠지."

K은행은 구영수가 꼬박꼬박 대출이자를 내고 있는 은행이었다.

"보면, 은행이 제일 나빠. 은행은 어떻게든 살아나. 어떻게든 피를 빨아."

오진희가 고등어조림을 입에 넣으며 말했다.

"재네들 세상은 돈 놓고 돈 먹기야. 대출받은 사람이 돈을 갚으면 좋고, 못 갚으면 더 좋을걸. 담보 물건을 헐값에 가져올 수 있으니까."

구영수가 물로 입을 헹구며 말했다.

"은행은, 당해봐야 돼."

"은행은, 돈이 얼마나 쓴지 몰라."

"은행은, 돈이 한 사람의 인생을 망칠 수 있다는 걸 몰라."

두 사람은 식탁에 앉아 날이 새도록 은행을 욕했다. 그렇게 마음이 잘 통했던 것이 실로 오랜만이었다.

"우린 평생을 은행에 돈 갖다 바치는 노예로 살겠지."

잠자리에 누운 오진희가 차분히 말했다.

"복수 한번 못 해보고."

구영수가 받아쳤다.

"복수?"

오진희의 말에 구영수는 대꾸하지 않고 돌아누웠다. 짧은 한숨을 쉰 오진희는 오래된 노트북을 꺼냈다. 날이 밝을 때까지 노트북 불빛이 오진희의 눈동자를 밝게 비췄다.

그간, 구영수는 오진희가 좀 순진하다고 생각했다. 실행력이 부족하고 세상 이치에 굼뜬 면이 있달까. 친구도 없고, 반복되는 소소한 일상에 만족하며 묵묵히 집안일을 하고 요양보호사로 일하는 것도 그랬다. 아직 젊으니 비전이 있는 다른 일을 할 수도 있을 텐데, 새로운 걸 시도하는 게 무서운 건가 싶기도 했다. 브리핑을 하는 오진희를 보기 전까지는 그랬다는 말이다.

"잘 들어."

오진희의 브리핑은 K은행을 터는 방법에 대한 것이었다. 우선 전동 킥보드를 구매해 최대 시속을 110킬로미터까지 낼 수 있게 개조할 거라고 했다. 왜 킥보드냐 하면, 킥보드엔 번호판이 없고 모델도 구분하기 어려워 CCTV에 찍힌다고 해도 찾아낼 방법이 없다고 했다. 구영수는 상당수의 은행 강도들이 오토바이와 차량 때문에 잡힌다는 사실도 오진희 때문에 알게 되었다. 오진희는 콕 집어 K은행 E마을 지점을 털 거라고 말했다. 반드시 그곳이어야 한다고 했다. 시골 동네라 그곳을 골랐을 거라고 구영수는 짐작했다.

"시골이라 돈은 얼마 없을지도 몰라."

내가 맞았군, 하고 생각하며 구영수는 물었다.

"왜 돈도 없는 거길?"

"이번에 지점장 비리 터진 지점이야. 우리 둘이 현찰 털어봐야 몇백일 텐데, 신고 안 할걸?"

의아해진 구영수가 다시 입을 열려는 찰나, 오진희가 말을 이었다.

“신고해서 걸리면 더 좋아. 그럼 은행 망하는 꼴이라도 보겠지. 우리 같은 것들한테 털리면 그게 은행이야? 동네 구멍가게 할머니도 금고는 안 털려.”

구영수는 고개를 주억거렸다.

“우리 목적이 뭔지 알겠지? 돈이 아니라 복수야. 복수가 목적이라면, 우리는 어떤 결말이라도 성공하게 되어 있어.”

우리? 구영수는 자기 안에서 확신의 불이 꺼졌음을 느꼈다. 돈 때문도, 사업이 망해서도 아니었다. 오진희 때문이었다. 오진희라는 사람을 알고 있다는 믿음과 확신, 거기에서 오는 자신감의 불이 꺼지자 다른 종류의 자신감들도 삽시간에 진화되었다. 기회는 그렇게, 모든 것을 내려놓은 뒤에야 찾아왔다.

“영수야, 말 나온 김에 말인데, 우리 그날 혼인신고 하자.”

구영수는 눈을 끔뻑거리며 오진희를 바라보았다.

“법적으로 부부가 된 날, 불법을 저지르는 공범이 되는 거지.”

오진희는 자기 말에 자기가 웃고는 얼이 빠진 구영수의 볼을 살짝 꼬집었다.

구영수는 자기 자신에게 아직 저 여자를 사랑하는지 물었다. 질문을 바꿔 자신이 저 여자를 저렇게 만든 건 아닌지 물었다. 오진희와 몸싸움을 벌였던 순간이 떠올랐다. 수치스러웠다. 부서진 핸드폰, 차고 밀치고 맞고 때리고, 용서를 빌었던 그 순간이. 그러고도 사랑을 속삭였던 그다음이. 구영수는 미쳐버린 오진희의 마음과 결합하고 싶었다. 복수. 이상하고 감정적인 선택. 비논리적이고 괴상한 일. 어쩌면 운명이라고밖에는 설명할 수 없는. 구영수는 흔들릴 때마다 오진희의 말을 빌려 생각했다. 자신의 목적은 사랑이라고. 사랑이 목적이라면, 우리는 어떤 결말이라도 성공하게 되어 있다고.

4.

두 사람은 경기도 Y시의 공터에 차를 세웠다.

K은행 E지점으로부터 130미터가량 떨어진 그곳엔 이미 주차된 차들이 많았다. 대형 트럭, 먼지 쌓인 중고차. 오진희가 어떻게 물색한 건지, 차에는 하나같이 블랙박스가 없었다. 오진희는 3M 장갑을 꺼내 끼고 구영수에게도 한 켤레를 건넸다. 이미 두 사람 다 오진희가 구해 온 러시아제 방탄조끼를 티셔츠 안에 입고 있었다.

“코로나라 이거 하나는 좋네.”

두 사람은 하얀색 마스크를 썼다. 조금도 수상해 보이지 않았다.

트렁크에서 전동 킥보드를 꺼냈다. 개조는 오진희가 인터넷 커뮤니티를 뒤져 직접 했다.

"영수야. 혹시나 잡히더라도, 감옥은 그렇게 무서운 곳이 아니야."

구영수는 낚시 모자의 조임 끈을 쥔 채 멈칫하여 오진희를 바라보았다.

"그걸 네가 어떻게 알아?"

"으이그. 뭘 또 물어보고 그러냐. 척하면 척이지. 영수 너는 가만 보면 참 순수하더라. 사람이 너무 곧이곧대로여도 못 쓰는데."

오진희는 사랑을 고백하듯 그 말을 던지곤 전동 킥보드에 올랐다. 구영수는 오진희의 작은 등을 잠시 바라보았다. 활짝 웃고 있을 오진희의 잇몸이 눈에 선했다. 구영수도 전동 킥보드에 올랐다. 오진희를 뒤에서 감싸안는 포즈로, 전동 킥보드의 핸들 가운데를 꽉 붙잡았다.

전동 킥보드는 빠른 속도로 달렸다. 오진희가 가고자 하는 방향으로, 언제까지고 뻗어나갈 수 있을 것만 같은 속도로. 구영수는 흩어지는 논밭의 풍경을 바라보다 바람을 이기지 못하고 눈을 질끈 감았다. 고글도 쓰지 않았는데 오진희는 어떻게 이 바람을 뚫고 전동 킥보드를 몰 수 있는 걸까, 생각하면서.

은행 앞 마을버스 정류장엔 보따리를 든 할머니 한 분이 앉아 있었다. 정류장에 전동 킥보드를 세운 오진희는 주머니에서 신문지로 감싼 칼로 위장한, 끝이 유난히 뾰족한 오이를 꺼내 들고 K은행 뒷문으로 향했다. 구영수의 눈앞이 하얘지며 현실의 풍경이 뭉개졌다. 오진희가 새파랗게 어린 청원경찰의 손목에 수갑을 채우고, 허리춤을 오이로 찔러 위협하는 동안 구영수는 오진희가 시킨 대로 가방을 앞으로 멘 채 창구 안으로 들어섰다. 마감 중인 창구에서 묶여 있지 않은 현찰만을 꺼내 백팩 안에 쓸어 담은 뒤, 두 사람의 짧은 메시지, '복수 —고객 올림'이라 적힌 메모지를 붙여놓았다. 모든 것이 끝났다. 너무나도 허무하게.

"최고의 부부는 말이야, 남편이 도둑질을 해 오면 여편네가 신고를 하는 게 아니라, 남편이 도둑질해 온 물건을 여편네가 갖다 파는 부부란다."

어머니가 해준 말이었다. 현찰로 무거워진 가방 탓에 전동 킥보드의 속도가 느려진 게 느껴져 조급한 와중에, 왜 어머니가 옛날 옛적에 해준 그 말이 생각났는지 구영수도 모를 일이었다. 오진희는 한마디 말도 없이 전동 킥보드를 몰더니 공터 옆의 산에 이르러 고랑에 전동 킥보드를 처박은 뒤 달리기 시작했다. 구영수도 따라 달렸다. 얼마나 달렸을까.

"너 운전 못 하겠지?"

구영수는 고개를 끄덕였다. 오진희가 운전석에 올랐다. 구영수는 조수석에 타자마자 엉엉 울며 마스크를 집어 던졌다. 오진희가 시동을 걸어 Y시 톨게이트를 빠져나가는 순간까지도 구영수는 눈물이 멈추지 않았다. 어머니가 어째서 오진희라는 사람을 선물로 주신 걸까. 최고의 부부가 되라고? 어림없는 소리. 은행 강도는 반드시 잡히고 말 거였다. 구영수는 감옥에 갈지도 모른다는 두려움에 자신의 곁에 아무도 없었던 그 시절로 돌아가고 싶다고 간절히 생각했다. 오진희는 말이 없었다.

"우리, 잡히겠지?"

그럴 일은 없을 거라고 말해주길 바라며 구영수는 오진희에게 물었다.

"영수야, 자. 의자 뒤로 젖히고, 눈 감고 푹 자. 오늘부터 잠이 잘 올 거야."

구영수는 오진희의 말대로 의자를 뒤로 젖힌 채 두 손을 가슴 위로 모았다.

"진희야. 넌 어떻게 떨지 않아?"

구영수가 보기에 오진희는 은행을 턴 사람이 아니라 그곳에 들러 적금이라도 들고 나온 사람처럼 평온해 보였다.

"네가 떨잖아. 한 사람이 떨면, 나머지 한 사람은 안 떨게 되어 있어."

오진희가 부드럽게 액셀을 밟았다. 그거참 맞는 말이라고 생각하며, 구영수는 깊은 잠에 빠졌다.

5.

2025넌 5월 3일, 두 사람은 결혼기념일을 맞아 식탁에 앉았다. 구영수가 케이크를 사 왔고 오진희는 딸기를 씻었다. 저녁은 각자 먹고 들어왔다.

구영수는 비대면 과외로 생활비를 벌었고, 오진희는 샘빛 요양병원에 재취업했다. 달라진 듯 달라진 게 없는 것 같기도 했고, 달라지지 않은 듯 모든 게 달라진 것 같기도 했다.

두 사람은 바쁘게 각자의 일상을 보냈다. 평일이고 주말이고 할 것 없이 열심히 일해 은행 빚과 카드 빚을 막았고 보험료를 납입했다. 구영수는 이제 오진희가 웃어도 전처럼 뿌듯해지진 않았다. 대신 안심이 됐다.

“우린 은행을 턴 사람들이잖아.”

어려운 일이 생길 때면 두 사람 다 가끔 그런 농담을 던지곤 했다. 무엇이든 헤쳐나갈 수 있다는 의미를 가진 두 사람만의 밀담이었다. 그런 의미에서 결혼기념일 식탁 위엔 그날 썼던 가방이 올라왔다. 가방 안에 든 돈은 그대로였다. 처음엔 쓰면 안 될 것 같았는데, 시간이 갈수록 쓰면 잡힐 것 같아 못 쓰게 되었다. 둘 중 아무도 그 말을 하진 않았지만, 이심전심으로 알고 있는 서로의 마음이었다. 그날의 일은 오진희의 예견대로 기사 한 줄 실리지 않았다. 구영수는 그날 일을 생각하면 여전히 가슴이 뛰었다. 구영수의 인생에 그토록 큰 이

벤트는 없었으니까. 그럼에도 구영수는 지금 여기, 자신이 안락한 혼돈 속에서 너울대는 이유가 은행을 털었다는 사실과는 별개라는 것을 알았다. 혼돈은 여전히 오진희라는 사람과 함께 밥을 먹고, 잠을 자고, 사랑하는 일상에서 왔다.

'내가 맞았어.'

구영수는 생각했다. 비록 오진희를 오해한 채 사랑하게 되었다고 해도, 오진희가 자신의 삶을 완전히 바꾼 대단한 여자라는 사실은 변하지 않았으니까.

구영수는 가끔 오진희가 두려워 자다가도 벌떡 일어났고, 일어난 뒤엔 곁에서 잠든 오진희를 바라보다 다시 잠이 들었다. 하나가 아니라 둘이라는 사실. 서로의 인생을 완벽히 저당 잡았다는 사실. '네가 나를 망하게 할 수 있다면, 나도 너를 망하게 할 수 있다.' 그 불안한 사실이 주는 안정감. 그것으로 구영수는 살아갈 수 있었다. 케이크를 사고 초를 꽂고 불을 붙일 수 있었다. 기념할 수 있었다.

"소원 빌자."

오진희가 양손을 모으고 눈을 감았다. 구영수도 양손을 모으고 눈을 감았다.

"무슨 소원 빌었어?"

구영수가 물었다.

"비밀."

오진희가 훅, 하고 숨을 불어 단숨에 초를 껐다.

"그럼 나도 비밀."

구영수 역시 양손을 모으고 소원을 빌었다. 티브이 위에 올려둔 원앙 한 쌍만이 두 사람의 비밀을 알았다.

온화하게 저지르는 부부생활

이토록 강력한 이야기에 '부부생활'이라는 평탄한 제목을 갖다 붙인 것은 독자를 맨몸으로 8차선 고속도로에 던져 넣으려는 김유나의 계략이 틀림없다.

그렇게 고속도로 위에 서서 질주하는 인물들 바라본 사람? 바로 접니다. 나는 핸들이 고장 난 8톤 트럭 같은 오진희를 오매불망 따라다녔다. 재는 왜 저럴까 생각하다가 웃기다가 이상하다가 어느 순간 깨닫고 말았다. 이상하고 무서운 여자 오진희에게 공감하고 있다는 사실을. 나의 사랑스러운 여자 친구들이 줄줄이 떠올랐다. 그리고 그 끝에는 김유나가 광기 어린 눈동자를 번뜩이며 미소 짓고 있었다.

사랑이 뭔지, 함께 산다는 건 어떤 건지 고민할 때가 있었다. 아니 사실은 여전히 고민하고 있다. 그도 그럴 것이 너무 아름다운 단어잖아. 사랑, 동반 이런 것들. 함께 맞이하는 아침 햇살 같잖아. 고될 때는 서로에게 기대고 즐거울 때는 엉덩이 씰룩거리며 산책하고. 햇빛처럼 노란 기가 도는 필터를 살짝 덧씌운 삶. 사랑하는 일, 사랑하며 함께 산다는 건 온화하고 안정적인 건 줄 알았다. 근데 아니었던 거야. 남들은 그렇게 마음 편하다고 하던데 왜 나는 여전히 불안함이 가시지 않을까. 내가 틀렸나 보다. 언제나처럼. 내가 불안이 크고 부정적인 사고를 많이 하는 사람이라서 온화함이라든가 안정감을 누리지 못하는구나. 그렇게 여기고 있던 시점에 나는 이 문장을 만나고 만 것이다.

"하나가 아니라 둘이라는 사실. 서로의 인생을 완벽히 저당잡았다는 사실. '네가 나를 망하게 할 수 있다면, 나도 너를 망하게 할 수 있다.' 그 불안한 사실이 주는 안정감. 그것으로 구영수는 살아갈 수 있었다."

구영수도 살고 최미래도 살아갈 수 있지. 혹시 이 소설 나를 위해 쓰인 건가. 이런 헛된 생각을 하며 나는 이 문장을 몇 번이나 반복해서 읽었다. 이런 마음으로 함께 살아도 되는구나, 아니 어쩌면 이 힘으로 더 강력한 '함께'를 구축할 수 있지 않을까.

오진희와 구영수 이 부부 강도단은 음흉하게 공모하고 작당하여 은행을 턴다. 같은 방식으로 부부생활 또한 온화하게 저지른다. 이렇게 사는 것이 옳은지 그른지 그런 건 우리가 따질 일은 아니고, 이런 것도 사랑이 맞느냐고 물으신다면 고개를 힘차게 끄덕이겠다. 김유나가 데려다준 고속도로에서 빠져나오려면 부지런히 걸어야 할 것이다. 함께 걸어 나올 애매 구함.

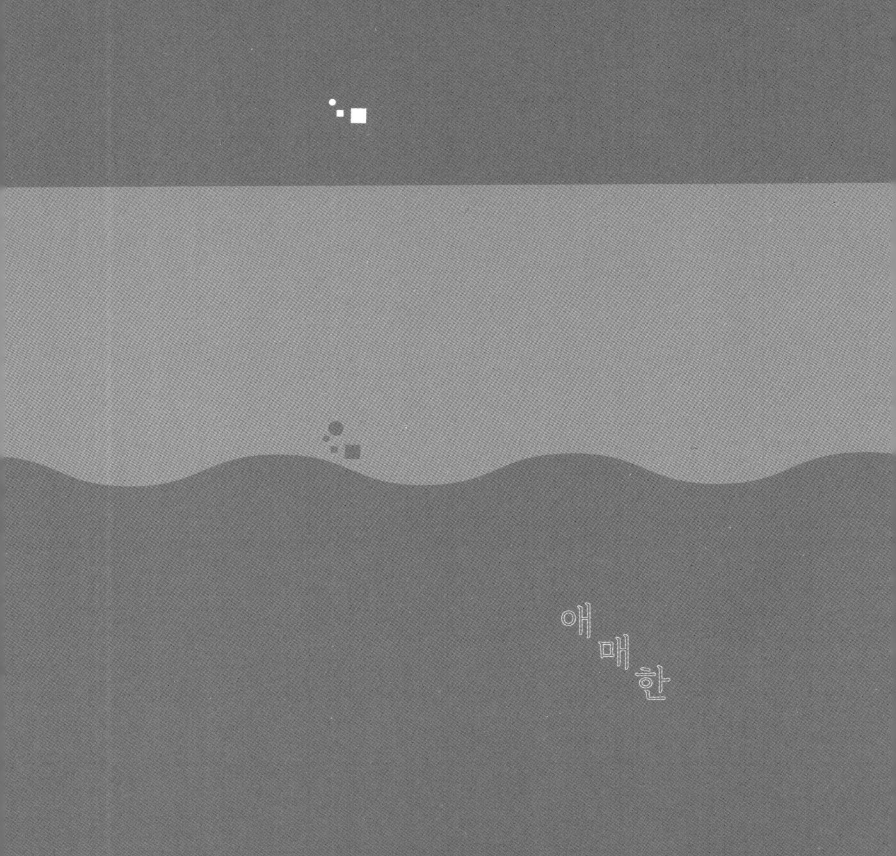

애매한 에세이

부록 1

애매한 에세이

여섯 개의 마음, 여섯 개의 방식

최미래

고양이의 눈물샘은 감정과 관련이 없다. 나는 이 정보를 최근에야 알게 되었다. 함께 산 지 2년 7개월 정도 된 동거묘 최장 영실을 생각해 보았다. 우리 착한 고양이 이리 와. 이렇게 말하면 영실이는 말을 알아듣고 걸어온다. 내가 울적해하면 옆에 와서 가만히 앉아 있다가 자기도 눈물을 찔끔 흘린다. 나는 영실의 눈물을 닦아주면서 제멋대로 엇나간 기분에서 주도권을 되찾는다. 그런데 이게 다 착각이었다니. 기가 막힐 노릇이다.

물론 고양이도 슬픔이나 상실감 등의 감정을 느낀다고 한다. 하지만 사람처럼 눈물을 흘리는 방식으로 슬퍼하지는 않는다. 사람과는 다른 방식으로 기뻐하고 슬퍼하고 울적해하고 그렇겠지. 영실이는 인간 같긴 하지만 어쨌든 생물학적으로는 고양이잖아. 고양이의 방법을 쓰겠지. 잘 생각해 보면 당연한 일인데 뭐가 그리 놀랍고 기가 막혔는지, 또 모르겠다. 모르겠는 것투성이인 삶. 고양이뿐이겠는가. 나는 다른 사람들에 대해, 그리고 나 자신에게도 착각을 일삼아 왔다.

애매 친구들(이하 애매들)을 만나면서 가장 기쁜 점은 바로 이것이다. 애매들은 나에게 알려줘. 매번 만날 때마다. 사람들은 각자의 방식으로 기쁘고 슬프고 울적해해. 그러니 최미래 너도 너만의 방식으로 감내하고 견디고 생각하고 힘주어 살아가고 있다는 걸 알아. 애매들의 공통점은 위로에 일가견이 있다는 점이다.

친한 친구 사이를 이야기할 때, 말하지 않아도 아는 사이라는 표현은 진부하다. 어느 정도 일리 있지만 100퍼센트 동의는 할 수 없다. 게다가 말을 안 하는데 어떻게 알겠는가. 애매들은 말하지 않아도 함부로 알아채는 일이 없고, 무조건적인 위로를 건네지도 않는다. 그저 책 얘기 하고 커피 마시고 웃다가 슬쩍 안부를 묻는다. 나는 감정을 티 내지 않아도 되어서, 애매들이 알 건 알고 몰라도 되는 건 모른 채로 두어주어서 좋다. 편하고 즐거워. 오래오래 같이 맥주 마셔줘. 각기 춤춰줘. 이유 없이 포옹하는 척 힘을 보태줘.

가끔 동인을 하지 않느냐고 물어오기도 한다. 나는 그때마다 이름은 동인인데 사실상 독서 모임이라고 대답했다. 민망해서? 뭔가 대단한 걸 하는 것처럼 보일까 봐? 아니다. 나는 사실을 말한 것뿐이다. 하지만 애매들과 모이기 시작한 지 꽤 흐른 지금 다시 생각해 보자. 애매는 독서 모임인가? 책을 읽고 이야기를 나누기는 하지만 그보다 더 많은 걸 한다. 웃고 떠들고 먹고 마신다. 하릴없는 생에 긍정적인 영향을 미친다.

나를 살고 싶게 만들어주는 목록 중 애매는 우선순위에 속한다. 애매들과 함께 있으면 평상시보다도 훨씬 더 철이 없어지는 것 같다. 동인의 '동' 자는 원래 같을 동同을 쓰는데, 아이 동童으로 바꾸는 게 더 어울리지 않을까.

동인이라고 해서 다 같은 목적을 지니거나 한마음 한뜻일 필요는 없다. 나는 그래서 애매를 좋아해. 여섯 명이 모였으니 여섯 명의 마음과 여섯 개의 방식을 만날 수 있어서. 사람은 알면 알수록 모르겠고, 어쩐지 애매들을 만날 때마다 너무 많은 것을 말하게 된다. 창피해. 창피해도 괜찮아. 말해도 괜찮아. 말하지 않아도 괜찮아. 괜찮지 않아도 괜찮아. 애매는 왜 이렇게 다 괜찮은 것투성이인지. 이렇게 된 김에 잔뜩 응원과 힘을 받아서 잘 살아보고 싶다.

그래도 계속 걸어가요 이 밤이 좋으니

성해나

나는 애매에 가장 마지막으로 들어갔다.

이들과 합정에서 첫 모임을 가졌던 날이 지금도 드문드문 기억난다. 기차를 타고 서울까지 가는 동안 나는 조금(사실 엄청) 긴장했다. 한국예술창작아카데미에서 가까워진 선진의 초대로 얼결에 모임 장소까지 가고 있긴 했지만, 오랜 유대를 쌓아온 이들 틈에 내가 끼어도 괜찮은지 내심 마음이 쓰였던 것 같다. 마이쮸라도 사 가야 하나. 고민하다 보니 합정이었고, 정신을 차려보니 함께 술자리를 하고 있었다.

둥근 탁자에 모여 앉아 호기심 어린 얼굴로 나를 응시하던 이들이 떠오른다. 그날 이들은 내 잔이 비면 살뜰히 채워주기도 하고(가끔 그때가 그립다), 경어를 쓰며 조심스레 입단 여부를 묻기도 하고, 취기가 오르지는 않았는지 걱정해 주기도 했다.

간혹 그날 얘기가 나오면 다들 "네가 너무 묵묵하게 술만 마셔서 다시는 안 올 줄 알았다"며 웃는다. 그럴 때 나는 "아니야" 하고 마는데, 지면을 빌려 털어놓자면 그날 나는 남모르게 이들과 오래 함께하고 싶다는 소망을 품었다. 이들과 같은 포인트에서 웃고, 진지하면서도 시시한 대화를 나눌 때마다 마음이 부드럽게 일렁였다. 두 팔 벌려 서로를 힘껏 안아 줄 동료가 생긴 것 같았다. 자기만의 방에서 홀로 골몰하는 것도 좋지만, 누군가에게 마음속 방 한 칸을 내주고 복닥거리며 문학에 대해 논하고 사랑을 공유하는 것도 근사하겠지, 확신을 가지게 되었다.

그 밤의 비밀이지만, 나는 그날 막차를 놓쳤다. 플랫폼에 앉아 이제 어떻게 해야 하나, 고심하는 와중에도 자꾸 웃음이 나왔다. 녹녹한 술기운 때문이었는지, 눈앞에서 기차를 놓친 허탈함 때문이었는지, "다음 모임에도 오렴. 마음 내키면" 다정과 무심을 오가던 이들의 마지막 말 때문이었는지 모르겠지만, 내내 웃음이 나왔다.

애매와 함께 한 지 근 2년이 지났다.

일이 늘고 모이는 간격도 길어져 애정과 우정이 전과 달리 희석되어 감을 느낄 즈음에 한 편집자님이 길을 걷다 나를 보았다며 이런 메일을 보내주셨다.

'저 한 20일 전쯤 작가님 보았어요. 합정에서 밝은 미소와 함께 친구들과 은행나무 쪽 길로 걸어가던…… 멀리서 흐뭇하게 보며 다시 집으로 향했습니다.'

내가 미소를 띤 채 바라본 친구들이 누구인지는 너무나 명징하다.

가끔 얄미운 말을 할 때는(아주 가끔이다) 꿀밤을 먹이고 싶지만 그래도 나는 여전히 이들이 사랑스럽고, 이들과 함께 걷는 낮도 밤도 무척 좋다. 좋아서 계속 같이 걷고 싶은 욕심이 생긴다. 문학 속에서 때로는 문학 밖에서. 너무 사소해서 우스운 고민도 나누고, 근심과 슬픔이 커질 때는 모래놀이 하듯 서로의 그것을 한 주먹씩 덜어가 주기도 하고, 부끄럼 없이 춤도 추고, 배가 아플 때까지 웃기도 하며.

그렇게 오래오래 같이 걸어가고 싶다.

※제목은 회기동 단편선의 노래 〈동행〉에서 가져왔다.

그래서 다음 파티는 언제라고요?

조시현

우리는 각자의 캐릭터가 그려진 케이크 조각에 초를 꽂고 새해 소원을 빌었다. 특징을 잡아 디테일을 살린 귀여운 새 캐릭터는 선진매가 직접 그린 것. 자기가 자기 거 먹는 거다. 그 밤엔 크리스마스 무드의 귀여운 양말을 나눠 신고 맞춤 제작한 티셔츠를 입고 맛있는 음식을 나누어 먹으며 미리 맞춰둔 드레스코드에 따라 어딘가 한구석은 빨간 차림으로 선물 교환을 하고 밤을 새워 보드게임을 했다. 해나매가 게임을 특히 잘했다. 우리는 날이 밝아올 즈음 역 앞에서 서로의 새해 복을 빈 뒤 헤어져 첫차를 탔다. 그게 함께 보낸 첫 크리스마스의 기억. 소설 동인이라고 했을 때 사람들이 어떤 모습을 상상하는지는 모르겠지만 모임은 대체로 그런 식이다. 한두 달에 한 번, 같이 읽고 싶은 책을 정해 이야기를 나누기도 하지만 목적은 뒤풀이에 있고 좋은 일이 생기면 밤새워 축하할 마음가짐을 준비한 채로 집을 나선다. 특히나 유나매와 있으면 진짜 노래가 뭔지도 배울 수 있다. 우리는 자주 가는 하이볼 맛집에 자리를 잡고 맥주를 여러 잔 리필해 가며 시시콜콜한 이야기를 오래도록 나눈다. 대화의 소재는 무궁무진하고 친구들은 만나지 못한 사이 건너온 각자의 다사다난한 일상 얘기를 꺼낸다. 그러나 이상하게도 어느 순간 누구 하나는 반드시 소설 이야기를 하고 있다. 대단히 진지한 건 아니고 화두는 금세 다른 곳으로 옮겨가 친구들이 의식하고 있는지 아닌지도 알 수 없지만 문득 깨닫는 순간마다 나는 일종의 징검다리를 건너고 있는 듯한 기분이 든다. 징검돌이 일상일지, 문학일지는 아마 각자 다르겠으나 어쨌든 그 너머를 향해 같이 움직이고 있는 것만 같고 그게 조금 즐겁다고 생각한다. 그러니까 좀 오묘해. 그런 말이 먼저 떠오르는 순간.

정말이지, 좀 오묘하긴 하다. 어떻게 이렇게 여섯 명이 동인이라는 이름으로 묶이게 되었는지 아무리 생각해도 알 수가 없다. 사는 지역이나 생활 반경이 겹치는 것도 아니다. 우리는 비슷하지만 완전히 같지는 않은 시기에 학교를 다녔고, 서로의 존재를 몰랐으며 알더라도 친근하게 우정을 나누는 관계는 아니었다. 졸업하고 한 해가 지난 어느 날 미래매와 마주 보고 앉아 마라탕과 버섯탕수를 먹으면서도 나는 우리가 함께 뭔가를 할 거라곤, 티셔츠를 맞춰 입고 크리스마스 파티를 하고 드레스코드를 맞춰 사진을 찍을 거라곤, 심지어 함께 책을 묶게 되리라곤 상상도 하지 못했다. 미래매와 선진매를 통해 현윤매를 처음 알게 됐을 때 너무나 멋지고 근사한 사람이라고 생각하면서도.

그런데 동인이라니. 어떤 공통된 목표나 목적이 있는 것도 아니고 일관적으로 추구하는 문학적 지향점이 있는 것도 아닌데. 심지어 우리가 쓰는 글은 아주 다르기까지 하다. 세상에 같은 글을 쓰는 사람이 어디 있겠느냐만, 문학관, 글을 쓰는 스타일, 방향, 문제의식, 관심사, 좋아하는 작가, 활동 시간마저도 제각각이다. 어느 순간 나는 쓴다는 이유만으로 친구가 될 수는 없다는 사실을 못내 슬픈 마음으로 인정하고 있었다. 그러니까 우리 여섯이 한데 묶인 것은 아무래도 정말로 오묘한 일이라고 할 수밖에.

나의 경우는 그렇다. 사람들을 만나면 역시 글은 혼자 쓰는 게 아니라고 생각하며 고개를 끄덕이면서도 막상 쓰기 시작하면 글은 결국 혼자 쓰는 것임을 다소 냉정한 마음으로 직시하게 된다. 누구와 어떤 시간을 보내든 쓰는 나는 결국 혼자고, 그때부터는 내가 그것을 제대로 해내느냐 실패하느냐 두 가지만 남는다. 이쪽에서 저쪽으로. 그것뿐. 사실 그럴 땐 동인 친구들이 뭐 대단히 도움이 되거나 위로가 되지도 않는다. 그러나 중요한 건 그다음에 있다. 모든 것을 마치고 밖으로 나왔을 때 나는 동료들이 거기 있다는 것을 확인하고 우리가 또 제각각의 무언가를 건너왔다는 것을 깨닫는다. 각자의 무언가를 건너 잠시 징검돌 위에서 함께 숨을 고르고 있다는 것을. 서로의 안위를 확인하고 다시 각자의 방향을 향해 나아가리라는 것을. 그리고 그것은 퍽 위로가 된다. 각자의 것을 치열하게 무사히 건너온 얼굴을 보고 있자면 내면에서 고요히 힘과 용기 같은 게 차오른다. 시간차를 두고 작품을 읽을 때면 더더욱 그렇다. 그 모든 것을 거쳐 같은 돌 위에 서서 함께 숨을 고를 수 있다는 것. 그래서 다시 다음으로, 각자의 더 멀리로 건너갈 준비를 할 수 있다는 것. 이것을 어떻게든 해내 건너가고 나면 무릎을 짚고 숨을 고르는 순간 혼자가 아니리라는 것. 그 사실만으로도 나는 어쨌든 힘을 내서 더 가볼 수 있다. 여길 넘어가면 만나거든요. 그러니까, 계속.

그래서 동인이면 뭘 하느냐는 질문을 들으면 음 그냥, 같이 있는데요. 그 정도의 얘기밖에 떠올릴 수 없다. 그냥, 같이 있어요. 잠깐 동안. 그런데, 그 잠깐이 계속되는 거죠.

그러니까, 늘 다음이 있다. 다음 작품이든, 다음 만남이든. 그건 정말 큰 의미가 있다. 어쩌면 동인은 그런 믿음으로 묶인 집단을 말하는 것일까?

우리는 또 각자의 자리로 돌아가 제각각 몇 번의 너머를 건너 만날 것이다. 계획했던 대로 함께 여행도 가고 각자의 캐릭터가 들어간 후드티를 맞추고 책을 고르고 기쁜 날 파티를 하고 기념을 하고 사진도 찍고 좋은 것을 나누고 노래를 부를 것이다. 그렇게 충분히 숨을 고르면 다시 각자의 너머로 향할 것이다. 최근엔 축하할 일이 많았다. 파티를 계속하려면 아무래도 계속 쓰는 수밖에 없을 것이다. 하지만 저마다 가야 할 길이 있고 그 너머에 함께 나눌 기쁜 일들이 기다리고 있다는 것을 알고 있으니 퍽 즐거운 여정이 될 것이다. 두렵지 않으니 이것을 오래 할 수 있겠다. 내가 혼자 할 수 있었던 것보다 훨씬 더 오래. 혼자 했던 것보다 훨씬 더 즐겁게. 혼자였을 때보다 훨씬 더 씩씩한 마음으로.

그러니까 든든하고 아리송한 나의 동료들과 함께.

글쓰기에 실패한 나날

최현윤

2024년 5월 7일 오후 9시 7분. 나는 소설 마감을 두 번씩이나 어기고, 애매 단톡방에 메시지를 보냈다.

애매들아. 미안해. 나 아무래도 소설 못 실을 것 같아. 누가 내 소설을 본다고 생각하면 너무 싫어. 이걸론 안 될 것 같아.

자괴감에 눈물이 났다. 그러면서도 이제 누구도 내 글을 보지 않는다는 사실에 약간 안도했다. 정말이지 총체적으로 한심한 인간 그 자체. 그때 유나에게 전화가 왔다. 나는 덜덜 떨면서 전화를 받았다.

현윤아. 네가 있어야 할 것 같아.

아니. 나도 하고 싶었어(오열).

유나는 끊임없이 내가 있어야 한다고 말해줬다. 작가들 사이에서 자신이 없다고 하자 유나는 단호하게 말했다.

우리 중에 대문호가 어딨니? 그냥 하는 거야.

그러면서 시간이 걸려도, 잘하지 못해도 괜찮다고 말해주었다. 나는 서서히 설득되고 말았다. 급기야 왠지 할 수 있을 것 같은 자신감마저 생겼다.

위축되거나 하면 내가 옆에 있어줄게! 언제든 자신이 없으면 나한테 전화해. 내가 또 말해줄게.

그렇게 통화를 마쳤다. 이후 다른 애매들의 연락을 차례로 받았다. 그리하여, 글쓰기에 실패한 나날이 연장되었다.

다행히도, 불행히도 나는 소설을 다 썼다. 그러나 지난밤에는 불안을 이기지 못하고 무료 챗GPT에게 상담을 청했다. 소설의 줄거리를 적어 보내며 이런 것도 소설이 될 수 있는지 물었다. 나의 다정한 AI 친구는 '물론입니다. 그것은 소설이 될 수 있습니다'로 시작하는 장문의 답장을 1초도 고민하지 않고 써서 보내줬다. 어딘가 공허하지만 논리정연했다. 나는 그 외에도 소설가의 조건이 있을까? 소설이란 뭘까? 인생이 뭐라고 생각해? 이런 하나 마나 한 질문들을 던졌다. 얼마 지나지 않아 대화를 이어가고 싶으면 유료 버전을 구매하라는 창이 떴다. 아직 질문이 더 남았는데…….

나는 이렇게 자기 확신 하나 없이, 애매의 어중이떠중이로, 애매의 가장 애매한 사람으로 글을 쓰고 있다. 늘 성실하게 글을 쓰는 다른 애매들 덕분에 글쓰기에 실패한 나날과 글쓰기를 포기하지 않은 나날을 동시에 보내고 있다. 애매를 하며 느끼는 유일하고 절대적인 감상은 하나뿐이다. 좋은 사람이 좋은 작품을 쓴다. 유나, 해나, 미래, 선진, 시현을 생각하면 그렇다. 왠지 용기가 난다. 다시 근거 없는 자신감이 생겼다. 오늘은 마감을 어기지 않고 글을 보낼 수 있을 것 같다.

우리의 모든 순간이 애매함의 연속

이선진

2020년 10월 29일 목요일, 연남동에서 미래와 현윤을 만났다. 어쩌다 만나게 되었는지는 잘 기억나지 않지만 어쨌든 만났고, 언제나처럼 시답잖은 농담을 주고받다가, 우리 이렇게 농담만 할 게 아니라 뭔가 제대로 된 걸 해보자는 이야기를 나눴다. 제대로 된 것이라 하기엔 좀 애매한 구석이 있지만, 그렇게 '애매' 동인이 만들어졌다. 새가 날개를 쫙 펼친 포즈로 사진도 찍고, '-매'라는 호칭으로 서로의 이름을 부르며 깔깔깔 웃고, 다음 모임 날까지 70매짜리 소설을 써서 제출하지 못하면 곱창을 쏴야 한다는 내기도 걸었다. 모종의 이유로 지금은 사용하지 않는 애매의 옛 인스타그램 계정에 "동인 애매(愛枚, 0H◇H)를 시작합니다"라는 게시글을 올리기도 했다. 그리고 기억하건대, 뭔가를 본격적으로 시작해 보기도 전에 모임은 그대로 와해되어 버렸다. 애매하기 짝이 없는 상황이었지만 괜찮았다. 사실 우린 언제나 그래 왔으니까.

그러다 2022년의 어느 날, 미래를 만나 청탁도 계약도 없는 작가로서의 생활에 대해 푸념을 늘어놓던 와중 뜬금없이 애매 동인을 되살려 보자는 이야기가 나왔다. 일은 일사천리로 이루어졌다. 《원피스》 같은 일본 소년 만화의 전개가 으레 그러하듯 뜻을 함께할 동료를 영입하기 시작한 것이다. 가장 먼저 미래와 약간의 일면식이 있던 시현을 영입했고, 잠시 둥지를 떠났던 현윤이 합류했고, '식이네'라는 경의선책길의 해산물 포차에서 여섯 시간 동안 내리 술을 마신 것을 계기로 유나가 들어왔다. 마지막으로 한국예술창작아카데미 지원사업을 통해 우연히 조우하게 된 해나까지 함께하기로 하면서 6매, 완전체 애매로 거듭났다. 완전체가 되고 나서 뭘 했냐면…… 글쎄?

종종 "애매가 뭐 하는 동인이에요?" 하고 누군가 물어올 때마다 나는 좀 멋쩍어지곤 했다. 동인이라 하면 마음 맞는 사람들이 모인 집단을 의미할 텐데, 솔직히 말해서 우리가 마음 맞는 사람들은 아니기 때문이다. 성격도 취미도 독서 취향도 글쓰기의 지향점도 모두 다르고, 소설 합평을 하지도 않고, 그나마 다달이 책 한 권을 함께 읽는다는 명분이 있긴 하나 날이 갈수록 완독률은 점점 낮아지기만 했다. 우리가 꼭 우리어야만 하는 이유라고나 할까, 생각하면 할수록 그것이 애매하고 또 애매했다. 동네를 산책할 때마다 마주하게 되는, 어느 하나 똑같은 것 없는 비정형 무늬의 적벽돌로 이루어진 담장 같달까.

기능적으로는 몰라도 미학적으로 봤을 때 딱히 예쁜 구석이라곤 없는 그 벽돌로 말할 것 같으면, 길이도 굵기도 제각각인 직선과 곡선이 아무렇게나 흩뿌려져 있는 모양새가 꼭 어린아이가 대충 갈긴 낙서 같기도, 토막 난 다족류 벌레 같기도, 고대의 어느 동굴 벽면에 새겨진 상형문자 같기도 했다. 세상에 뭐 이런 게 다 있나? 하는 생각이 절로 들 정도로 난생처음 보는 종류의 것이었다. 한마디로, 내 취향은 전혀 아니었다.

그러나 취향과는 별개로 동네를 산책할 때마다 어쩔 수 없이 그 담장을 보게 되었고, 이런 벽돌로 담장을 지을 생각을 한 누군가의 안목을 속으로 잔뜩 비웃었고, 그러면서도 가던 길은 안 가고 아예 그 앞에 멈춰 서서는 멀뚱한 얼굴로 벽돌에 새겨진 무늬를 하나하나 들여다보다가, 문득 생각했다. 이 담장은 꼭 우리 같다고. 그러니까, 마음이 꼭 들어맞는 여섯 명의 사람은 아닐지라도, 여섯 개의 각기 다른 마음이 다만 여기 한데 모여 있다는 사실만으로도 어쩌면 충분하지 않을까, 하고. 우리가 함께함으로써 생겨나는 애매하고 또 애매한 무늬를 물끄러미 바라볼 수 있다는 것만으로도 우리는 계속 우리여야 하지 않을까, 하고.

애매는 언제까지 애매일 수 있을까? 영원한 건 없다고 생각하기에 나는 가끔 이런 생각을 하며 서글퍼지곤 한다. 하지만 앞으로 우리가 어떻게 되든 이 사실만은 변하지 않을 것이다. 그건 바로 내가 지금의 우리를, 그리고 우리가 함께 그려온 무늬를 너무나도 좋아한다는 것이다.

Don’t get too serious

김유나

애매의 존재를 알게 된 사람들은 나에게 종종 이렇게 묻곤 했다.

“동인이 뭐야?”

“으응, 책도 읽고 문학도 사랑하고, 서로 작품도 읽어주고 그러는 거야.”

“독서 동아리나 작가 모임이랑은 다른 거야?”

허를 찌르는 순수한 질문. 나의 머뭇거림을 눈치챈 상대방은 이런 말을 한다.

“무튼 진짜 멋있다! 동인이라니! 완전 작가 같아!”

이런 지점이 불러오는 몇 가지 난처함 때문에 나는 ‘동인’이라는 말을 입에 올리기 쑥스러워한다. 첫째, 설명하기 어려우며, 둘째, 설명하기 어려운 건 어쩐지 위대해 보이고, 셋째, 나에게 위대함이란 두려움 혹은 숭고함의 다른 말이기도 하기에 나와는 어울리지 않는다고 생각하기 때문이다. ‘동인’이라는 어감부터가 비밀결사 단체처럼 느껴지는 건 나뿐일까? 진지하고 은밀할 것 같고, 문학계에 반향을 일으켜야 할 것 같고. 허나 내가 애매에게만 털어놓거나 선보인 은밀한 진실이라곤 도무지 애를 써도 나오지 않는 ‘소설적 변비의 골짜기’를 통과하는 고통이나, 내가 노래를 무척 잘 부른다는 사실 정도이다. 그들은 잘 들어준다. 고통을 호소하는 목소리도, 나의 노래도. 그렇게 들어주는 덕분에 나는 마음껏 울고 웃으며 그들과 좋았던 책 속의 문장을 낭독하고, 댄스를 추기도 하며 나 자신을 두 배로 즐길 수 있다. 자신의 확장성을 느낄 수 있다는 건 실로 대단한 것이다. 그것은 상대가 나를 얼마만큼 받아들여 주느냐에 따라 결정되기 때문이다. 어쨌거나 그런 의미에서 그들과 함께한 시간 중, 나 자신이 확장된 것 같다고 느낀 장면을 남겨둔다.

2022년 늦가을 합정의 어느 술집, 미래매가 갑자기 모 애니메이션의 서사 속 제국주의적 관점에 대해 길게 설명하더니 그걸 소설로 쓰면 어떨 것 같냐고 물었다. "완전 좋을 것 같은데?" 나는 일단 치켜세워 준 뒤 이미 하고자 하는 말이 있으니 열심히 써보라고 말했다. 그러자 미래매는 무슨 뚱딴지같은 소리냐는 듯 날 쳐다보더니, "유나매가 써야지. 내 소설이랑은 결이 안 맞지"라고 정색했다.

2022년 겨울 애매 연말 모임에서 시현매가 타로를 봐주었다. 작은 테이블에 여러 종류의 카드를 펼쳐놓은 시현매에게 나는 '문운'을 점치고 싶다고 말했다. 시현매는 영문으로 적힌 조언 카드 한 장을 들고 나를 다독이듯 말했다. "걱정 마세요. 당신의 천사들이 당신을 혼자 두지 않을 거예요." 그 시기의 내가 너무나 듣고 싶었던 말이라 눈물이 나왔고, 시현매는 다

정히 어깨를 토닥여 주었다.

2023년 봄, 현윤매와 골목길을 걷고 있었다. "저기 가볼래?" 현윤매가 가리킨 곳은 소품 가게였다. "좋아." 우리는 그렇게 소품 가게에 들러 귀여운 캐릭터 열쇠고리와 머그컵 등을 구경했다. 그러다 못생긴 감자 인형을 발견했다. "현윤아 이것 봐!" 우스움을 공유하려 그것을 들어 올린 뒤, 진짜 웃기지?라고 말하려는 순간, 현윤매가 한 손을 들어 입을 가리곤 정중히 말했다. "닮았다고 말하면, 실례일까?" 카운터에 있던 주인 역시 자신의 감자 인형과 나를 번갈아 쳐다보고 있었기에, 나는 희미한 미소로 화답하였다. 집으로 돌아와 현윤매가 나에게 선물한 감자 인형 열쇠고리를 남편에게 보여주자 그 역시 같은 이유로 너무나 놀라워하며 인형을 빼앗아 자신의 가방에 달았고, 훗날 나의 언니들은 그것을 발견하곤 "제부가 가방에 유나를 달고 다닌다"고 말했다.

2023년 겨울, 애매는 연말 행사로 마니또 게임을 한다. 그날도 우리는 마니또를 위한 선물을 한곳에 모아두고 각자 얼마나 위대한 선물을 골랐는지 자화자찬을 시작했다. 그러던 중 선진매가 자신이 준비한 선물을 두고 "포장이 너무 허접한가?"라고 말했다. 놀리고 싶었던 나는 "완전 허접한데!" 하고 말했다. 받아칠 줄 알았던 선진매는 눈에 띄게 당황했고, 어디선가 리본을 가져다가 황급히 선물을 동여매기 시작했다. 선진매가 준비한 선물은 히아신스가 수놓인 파우치. 선물과 함께 건넨 엽서엔 '히아신스는 구근식물인데, 동그란 뿌리에 양분을 저장해 놓고 매년 꽃을 피우는 게 누나랑 닮았다고 생각했어'라는 문장이 적혀 있었다. 파우치를 쓸 때마다 포장을 놀린 게 미안하고, 또 고맙다.

2022년 가을, 애매 모임에 성해나 작가가 참석하기로 했다. 성해나 작가를 영입하고 싶었던 우리는 '좋은 모습을 보여줘야 하니 그날은 꼭 책을 완독해 오자'고 약속했다. 드디어 모임 날. 우리는 성해나 작가를 가운데 앉혀놓고 그 어느 때보다 진지하게 독서 토론을 했다. 2차로 식사를 하러 간 술집, "우리랑 같이 동인 할래?"라고 물은 선진매의 제안에 성해나 작가는 "생각해 볼게"라고 답했다. 완곡한 거절이라고 생각한 우리는 성해나 작가가 화장실에 간 사이 "내가 오늘 너무 진지했다" "아니다, 내 유머가 꽝이었다" "나도 좋아한 나머지 좀 긴장했다" 하며 각자의 실책을 반성했다. 얼마 뒤, 성해나 작가는 생각이 끝났다며 동인 멤버가 되겠다고 했다. "다들 좋아서"라는 말과 함께. 심지어 다음 모임에서 자신이 만든 나무 책갈피를 하나씩 선물했는데, 거기엔 '애매'라는 글자와 애매의 마스코트인 새가 음각으로 새겨져 있었다. '고민해 보겠다더니, 그 틈에 이런 걸 만들었군.' 그렇게 성해나 작가는 해나매가 되었다.

애매스트

레이션

부록 2

애매스트레이션 게임

애매 동인과 함께 즐기는 텔레파시 게임

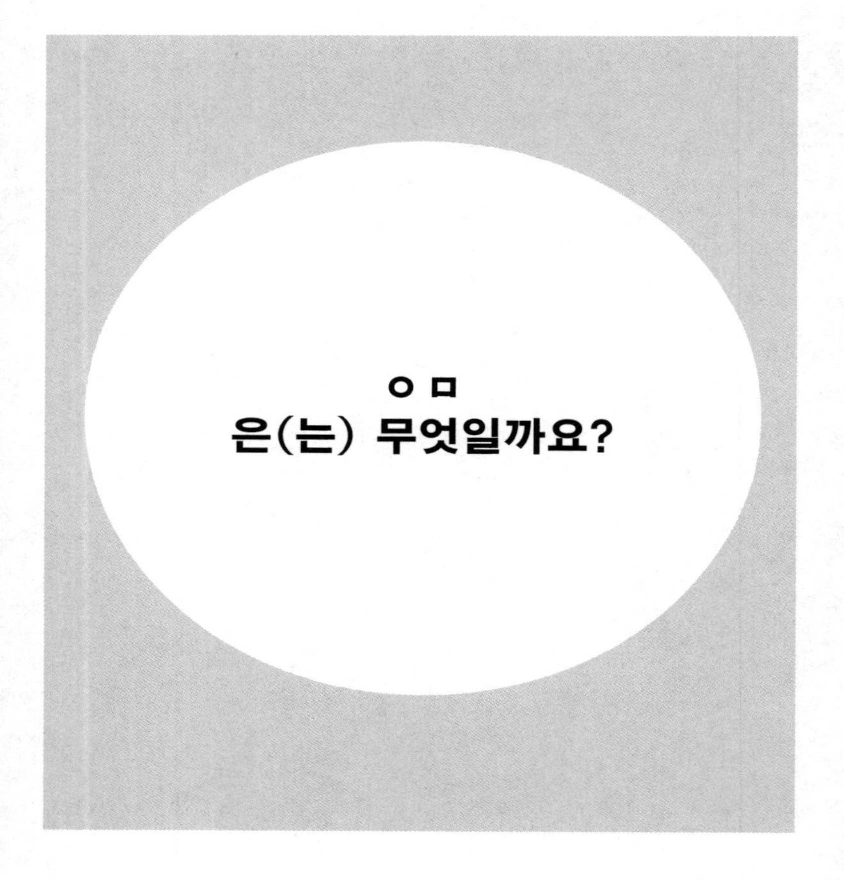

같이 맞혀보세요! 시작!

그림을 그려요

이름: **최미래**

정답을 맞혀요

이름: **성해나**

그림을 그려요

이름: **조시현**

정답을 맞혀요

이름: **최현윤**

그림을 그려요

이름: **이선진**

정답을 맞혀요

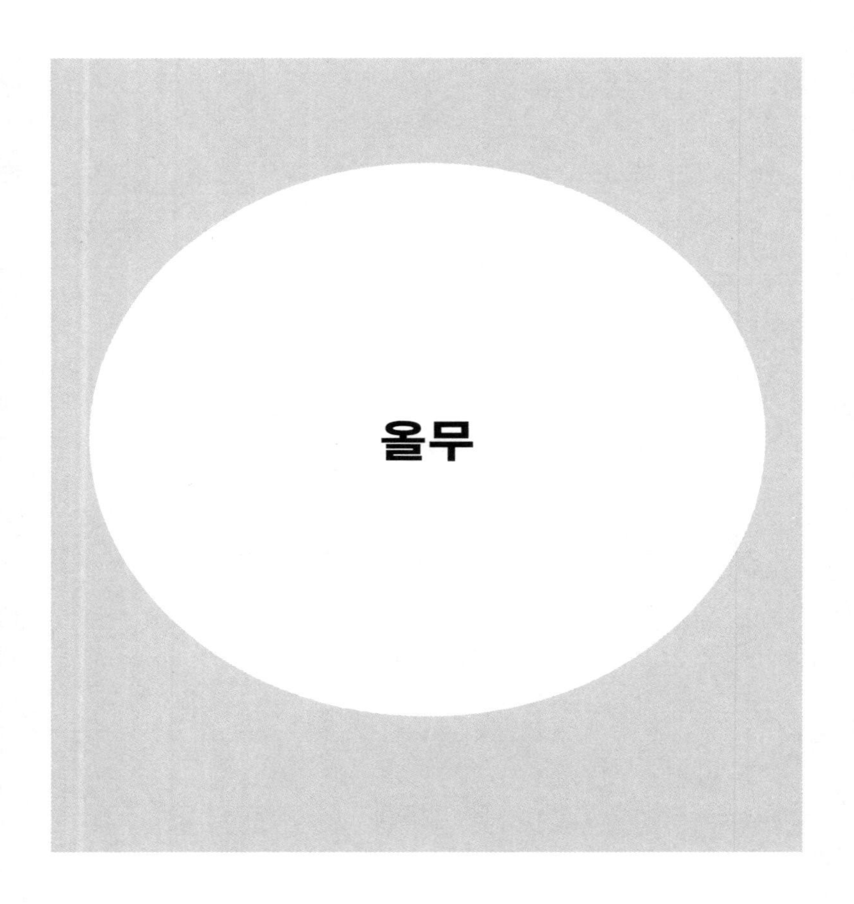

이름: **김유나**

정답은?

이름:

정답은!

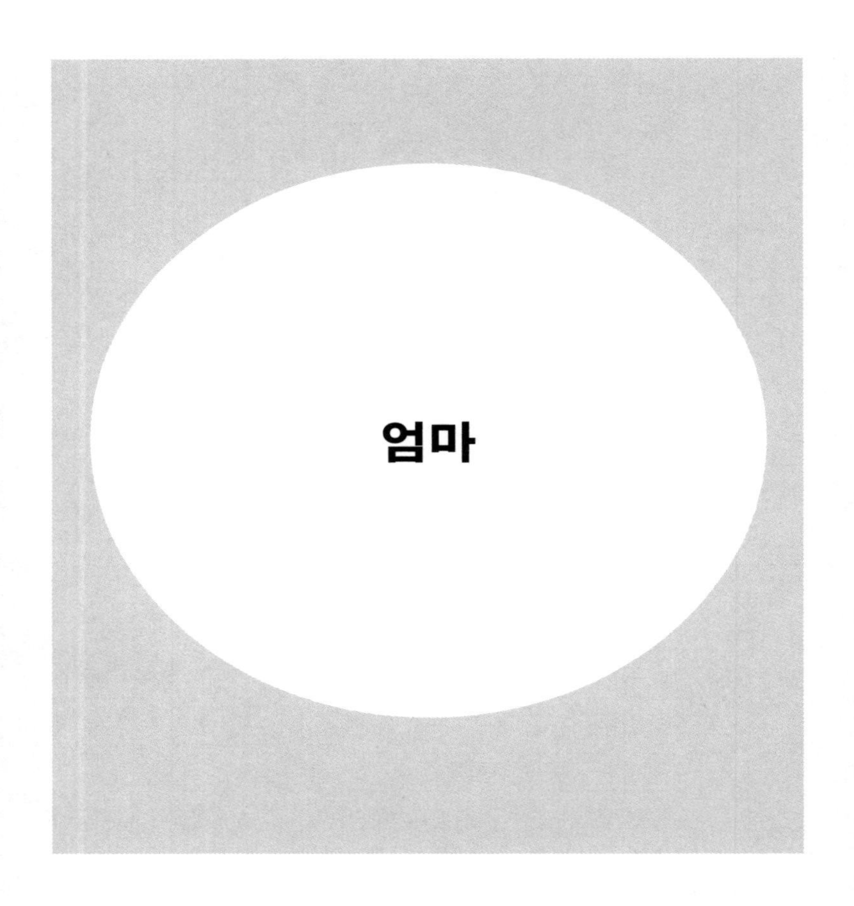

입니다.

진짜 엄마를 그려요

엄마 이름:

추천의 말 민병훈

문학 동인은 새로운 문학적 가능성이 될 수 있는가. 다시 말해 시장과 담론의 논리가 지배적인 이 시대에 새로운 모델을 제시할 수 있는 문학 공동체로서 기능할 수 있는가.

'문학'과 '공동체'는 언뜻 사이가 먼 것처럼 보인다. 문학이 사적인 개별성을 지향하고, 공동체는 전체주의적인 동일성을 욕망한다면, 문학 동인은 그 시작부터 분열된 무언가를 기반으로 출발한다. 프랑스의 사상가이자 소설가인 장 자크 루소의 말처럼, 사적이고 고독한 개인주의적 문인들이 모여 왜 동일한 이념을 가진 집단을 이루는지, 동인 활동을 해본 적 없는 나로서는 항상 궁금한 지점이었다.

나는 문학 동인을 동경해 왔다. 한국문학사의 구인회부터 서구의 초현실주의 모임까지. 글을 쓰는 행위에 필연적으로 수반되는 고독은 언제나 많은 시간들을 외롭게 한다. 하지만 문학적인 지향점을 공유하는 동료 작가들과 동인 활동을 해 나가면 그 외로움을 조금씩 덜어낼 수 있는 것 같다는 생각이 들었다. 그러한 활동은 그들의 창작 행위에도 분명한 영향을 미칠 것이다. 독일 전후문학의 대표 문학 공동체였던 47그룹의 수장 한스 베르너 리히터는 말했다. 거기서 만난 사람들은 친구들이었거나 곧 친구가 되었다고.

주변에 작가 친구들이 없는 건 아니다. 읽고 쓰는 삶에 대해 고민을 토로하고 문학적 호오에 대한 대화를 나누기도 한다. 하지만 이 느슨한 관계와 동인 결성의 관계는 분명 성질이 다르다. 친분을 넘어서, 근원적인 정치성이 수행된다는 것. 그것은 외부적으로 제도와 시장에 활력을 불어넣을 수 있다. 이것은 나의 맹목적인 바람일 수도 있다. 하지만 나는 자주 그런 순간을 바라왔다. 그들의 순수한 열정이 문학장의 논리에 새로운 흐름이 되기를.

물론 모든 동인 운동이 거창한 결성 동기와 소명을 가질 필요는 없다. 이런 생각마저 구시대적인 발상처럼 느껴진다. 실제로 동인 '애매' 작가들에게 질문했던 적이 있다. 어떻게 이 멤버로 모이게 됐는지, 왜 동인을 하게 됐는지. 하지만 아무도 분명하게 대답해 주지 않았다. 오히려 서로가 서로에게 질문을 넘겼다. 그러게, 왜 하게 됐지, 혹시 알아? 나는 왠지 그 순간이 좋았다. 서로가 서로의 현재라는 것을 웃는 얼굴로 화답하는 순간이.

사실 이 글은 여기 실린 소설들을 소개하는 형식으로 쓰려고 했다. 소설들을 읽고 '애매'라는 이름과 유사한 측면을 찾은 뒤 이를 근거로 '애매'의 특성을 나름의 언어로 파악하려고 했다. 하지만 그런 방식으로 동인의 성격을 규정하는 일이 어떤 의미가 있을까 싶었다. 고정된 의미로 묶고 싶지 않았다.

나는 '애매'의 애매함을 좋아한다. 의미 생산이 넘치는 이 시대에서 표명하기 위해 애쓰지 않는 모호한 상태. 이들은 'ㅇ'의 유연함과 'ㅁ'의 모남 사이에 있다. 동시대와의 유연한 관계, 작가적인 모난 개성, 그 사이를 채우는 건 다른 무엇이 아닌 각각의 소설들이다.

나는 이들이 뭔가를 기획하고 일을 만들 때마다 우연히 말을 보태거나 의견을 건네왔다. 실질적인 도움이 됐는지는 모르겠지만, 나는 나만의 방식으로 이들을 응원하고 싶었다. 공동체의 외부자로서 그들을 응원하고 지지하는 방식은 여러 가지가 있을 것이다. 내게는 그것이 소설을 '읽는' 행위이다. 한 명의 독자로서 발표되거나 출간된 소설을 계속 따라 읽는 것. 읽고 그들을 생각하는 것. 그래서 이 책의 출간 소식이 더할 나위 없이 기뻤다. 내가 좋아하는 작가들의 새 소설을 읽을 수 있어서.

동인 앤솔러지 출간은 이들의 대외적인 출항을 알리는 선언과 같다. 소설에 대한 치열한 고민과 각자가 속해 있는 현실에 대한 미학적인 접근의 결과물이 이 책에 실려 있다. 이 책은 그 자체로 어떠한 시도이자, 독자와의 새로운 소통의 공간이다. 그리고 소수의 혁명은 이 세계에서 언제나 새로운 흐름을 만들었다.

애매한 사이

발행일 - 2024년 7월 10일 초판 1쇄

지은이 - 최미래·성해나·조시현·최현윤·이선진·김유나
기획 - 애매 동인
편집 - 김준섭·이해임·최은지
표지 디자인 - 박서우
본문 디자인 - 박서우·강혜조
제작 - 영신사

펴낸곳 - 읻다
펴낸이 - 김현우
등록 - 제2017-000046호. 2015년 3월 11일
주소 - (04035) 서울 마포구 양화로11길 68, 다솜빌딩 2층
전화 - 02-6494-2001
팩스 - 0303-3442-0305
홈페이지 - itta.co.kr
이메일 - itta@itta.co.kr

ISBN - 979-11-93240-26-7 03810

책값은 뒤표지에 있습니다.
잘못된 책은 구입하신 서점에서 바꾸어 드립니다.